내가
사랑스럽지
않은
날에

내가
사랑스럽지
않은
날에

초판 1쇄 발행 2019년 06월 10일
초판 4쇄 발행 2021년 11월 20일

지은이 가린(허윤정)
책임편집 조혜정
디자인 그별
펴낸이 남기성

펴낸곳 주식회사 자화상
인쇄,제작 데이타링크
출판사등록 신고번호 제 2016-000312호
주소 서울특별시 마포구 월드컵북로 400, 2층 201호
대표전화 (070) 7555-9653
이메일 sung0278@naver.com

ISBN 979-11-89413-88-0 03810

이 도서의 국립중앙도서관 출판예정도서목록(CIP)은 서지정보유통지원시스템 홈페이지
(http://seoji.nl.go.kr)와 국가자료공동목록시스템(http://www.nl.go.kr/kolisnet)에서
이용하실 수 있습니다.(CIP제어번호: CIP2019021552)

가린 에세이

내가
사랑스럽지
않은
날에

자화
상

프롤로그

온통 뾰족한 것들로 채워져

조금만 움직여도 스스로를 찔러댔던 시간 속에

새겨진 상처들을 하나씩 지워나가기를.

• 1부 •
내가 사랑스럽지 않은 날에

· 3부 ·

어른이 된다는 건

너무 많은 것들을 이해하려 하지 말자.

생각보다도 더 많은 일들이 내 생각의 범위 밖에서 일어나고 있다.

얻는 것이 있으면 잃는 것도 있고,

원하는 방향으로 순조롭게 가고 있는 상황에도

가지고 갈 수 없는 것은 생기게 마련이다.

어쨌든 나는 매 순간에 충실하며 최선인 선택을 하고 있으니

상황에 휘둘리지 않고 나를 믿으며

잃는 것에 마음 남겨두지 않기를.

지금 깨달았으니까, 다음에는 꼭 얻을 거다.

이제 얻는 것만 남았어.

내가 사랑스럽지 않은 날에

다급해하지 않아도 된다.

오히려 그 상처들 하나하나를 보살피는 시간 동안

다시 무너지지 않는 단단함이 생겨날 것이다.

힘나지 않으면,
힘내지 않아도 돼

우리는 살아가면서 수없이 넘어진다. 금방 털고 일어날 때도 있지만, 도저히 일어날 수 없을 때도 있다. 그럼에도 애써 일어나려 한다. 우리가 배운 건, 최대한 빨리 일어서고 아무렇지 않게 다시 제 속도로 달리는 것이기에. 주변에서도 넘어져 있는 사람에게 "힘내." 혹은 " 다 잘 될 거야."라는 말을 하며 빨리 털어내고 다시 달리라 격려한다.

나는 넘어져 있는 당신에게 힘나지 않으면 힘내지 않아도 된다고 말해주고 싶다. 재빨리 일어나기 전에, 혹시 다치진 않았는지부터 살펴보자고. 당신의 몸 곳곳에 생각보다 많이 나 있는 상처들을 말이다. 깊이

패여 피가 흐르는 상처나 작은 흠집처럼 나 있는 상처는 물론이고, 자꾸 덧나 아물 새 없는 상처들, 겨우 아물어서 딱지 앉은 곳이 뜯어져 다시금 덧난 상처도 마찬가지다. 심지어 어떤 곳은 붕대를 감아야 할지도 모른다.

소홀히 여기지 말고 모두 치료하자. 약 바르고 쉬어 가자. 새살이 돋고 회복되어 일어날 준비가 되었을 때, 일어나자. 다급해하지 않아도 된다. 오히려 그 상처들 하나하나를 보살피는 시간 동안 다시 무너지지 않는 단단함이 생겨날 것이다.

힘나지 않으면 힘내지 않아도 된다.
이 말이, 힘들고 지쳐서 도저히 일어날 수 없는 당신에게 "힘내."라는 말보다 더 깊숙이 닿기를 바란다.

지금 잠시 괜찮아졌다고,
쭉 괜찮을 거라고 생각하지는 않은지.
괜찮을 거라는 생각에 미뤄둔 것들은 생각보다
더 나를 괴롭히고 있고 그럼에도 생각보다
더 빨리 나을 수 있을지도 모른다.
지금이라도 묵혀두지 말자.

애써 괜찮다
읊조리는 당신에게

학생 때부터 여름만 되면 쇄골 아래에 두드러기가
나 고생했다. 한번쯤은 피부과에 가볼 법도 한데, 성
인이 되어서까지 미뤄두었다. 그렇게 두드러기는 팔,
다리, 발등까지 퍼졌다.

매년 여름 가려움을 견디며 살았다. 가만히 있어도 땀
이 나고, 공기가 내 몸에 달라붙은 것처럼 끈적한 느
낌이 드는 동시에 쇄골 아래의 간지럼을 견디는 일은
내게는 여름 중 무엇보다 힘들었다. 긁을수록 더 붉게
달아오르고, 더 간지러워진다는 걸 알면서도 계속해
서 긁었고, 임시방편으로 얼음팩을 대고 있기도 했다.
왜 그렇게나 참았냐 하면 잠깐의 가려움만 참으면 견
딜만했고, 못 견뎌서 가야겠다고 생각하면 여름이 지

나 나아졌었다. 그러다 보니 후에는 습관처럼 익숙해졌다. 여름만 되면 내가 겪게 되는 연례행사처럼. 주변에서 병원에 가보라고 해도 원래 이래, 괜찮아지겠지 하며 넘겼다.

올해 여름이었다. 어머니가 긁어서 붉게 올라온 피부를 보고, 병원에서 처방받은 약인데 한번 써보라고 권유하셨다. 약이 나와 맞지 않을까 봐 걱정되기도 했지만 너무 가려웠기에 바르고 잠에 들었다. 다음 날 놀랍게도 두드러기가 가라앉아 있었고, 이틀째엔 약간 오돌토돌했던 피부도 제자리를 찾았다. 3일째엔 언제 그랬냐는 듯 나았다. 간지러워서 10년 넘게 고생했는데. 3일 만에, 약 하나에, 나을 수 있는 거였다니. 내가 미련한 사람이라는 건 알았지만 그 순간은 정점을 찍었다.

내가 해야 했던 건, '가만히 두면 나을 거야, 지금 괜찮으니까 나은 거겠지, 원래 그랬어.'와 같은 생각이 아니라 당장 피부과에 가서 약을 처방받고 치료하는 거였다. 그걸 하지 못해서 10년이 넘도록 고생했다. 한번 제대로 들여다본다면, 나을 수 있는 것들은 많다. 방치하면 알아서 나아지는 게 아니라 모르는 사이에 더 광활하게 퍼질 뿐이다. 내게 신호를 보내고 있음에도 그저 익숙해져서 묻어가며 살고 있지는 않은지. 지금 잠시 괜찮아졌다고, 쭉 괜찮을 거라고 생각하지는 않은지. 괜찮을 거라는 생각에 미뤄둔 것들은 생각보다 더 나를 괴롭히고 있고 그럼에도 생각보다 더 빨리 나을 수 있을지도 모른다. 지금이라도 묵혀두지 말자.

당신의 깊은 곳에 묻혀 있는 상처가
하루빨리 사라지기를 바란다.

지금 내가 원하는 것이 어딘가 찌그러져 있어도,

테두리가 희미해도,

매 순간들이 모여 점점 완벽하게 만들어지고 있다.

전혀 상관없어 보여도 모두가 필요한 것들이다.

당신은 분명 나아가는 중이다.

볼품없는 순간들도
의미가 있음을

미래는 아직 일어나지 않은 일이기에, 어떤 방향으로 흘러갈지 아무도 알 수 없다. 확실하지 않은 것에 불안한 마음이 드는 것은 당연하다. 특히 이루고자 하는 것을 위해 온 마음을 다하며 많은 시간을 쏟고 있지만, 막상 아무런 결과도 보이지 않을 때는 심적으로 많이 흔들릴 수밖에 없다. 시간만 축내다 모든 게 무의미해질까 봐.

모든 순간은 내게 축적이 되어 앞으로 나아가는 데 힘이 되어준다. 그러니 마음속에 "난 안 될 거야."와 같은 부정적인 고정관념을 심어두지 말자. 그것은 무서운 신념으로 변해서 시간이 지날수록 정말 할 수 없는 사람이 되어버릴지도 모른다.

불규칙하고, 전혀 상관없어 보이는 점들이 모여 하나의 완벽한 원이 된다. 그 무수한 점 중 하나라도 사라진다면, 원은 만들어질 수 없다. 지금 내가 원하는 것이 어딘가 찌그러져 있어도, 테두리가 희미해도, 매 순간들이 모여 점점 완벽하게 만들어지고 있다. 전혀 상관없어 보여도 모두가 필요한 것들이다.

당신은 분명 나아가는 중이다.

나는 울음의 힘을 믿는다.
울음은 슬픔을 방출할 수 있는 수단이자
현재의 마음을 받아들이고,
훌훌 털어내기 위한 과정이다.

우는 연습

'우울'이라는 감정의 가장 앞선 출발지를 찾아가 보면 중학생 시절이 떠오른다. 그때는 겨울 방학이었는데 눈 뜨자마자 학원을 가고, 집에 와서 숙제하다가 잠에 들었다. 늘 묵직한 돌 같은 것이 가슴 정중앙을 차지하고 있는 듯한 느낌이 들었다. 밥을 먹을 때도, 친구들과 이야기를 할 때, 웃고 있을 때도 그 돌로 인해 마음이 무거웠다. 처음 느껴보는 우울이라는 낯선 감정을 어떻게 해야 할지 몰라서 방치해두었다.

감정은 점점 더 깊어졌고 혼자 있을 땐 안 좋은 생각을 하기까지 이르렀었다. 그러던 어느 날, TV를 보다가 눈물이 났다. 슬픈 장면도 아니었는데 말이다. 한 번 나온 눈물 한 방울은 또 다른 눈물을 가져왔고 결국 나는 소파 쿠션에 얼굴을 파묻고 펑펑 울었다. 울면서 느꼈다. 내가 속 안에서 이렇게까지 거대한 아픔을 참고 있었다는 사실을. 몸의 수분이 다 빠져나간 것 같을 때까지 울고 나니, 가슴을 짓누르던 묵직한 돌이 흔적도 없이 사라졌었다. 아마 그 돌은 감정을 제대로 돌보지 않은 벌이었던 것 같다. 그 시간이 지난 후, 나는 아무 일도 없었다는 듯이 다시 잘 살아갈 수 있었다.

나는 울음의 힘을 믿는다. 울음은 슬픔을 방출할 수 있는 수단이자 현재의 마음을 받아들이고, 홀홀 털어내기 위한 과정이다.

안타깝게도 우는 것을 약하다고 생각하며 울음을 꾹꾹 참으려 하는 사람들이 있다. 당장은 나아 보일지 몰라도, 참았던 날들이 속에서 몇 배로 불어나서 예상치 못한 순간에 어떻게 터져 나올지 모른다. 무엇보다 울음을 참다 보면 우는 법마저 잊어버린다. 감정에 맞서서 이겨낼 기회를 잃는 것이다.

어린아이들을 보면 주저앉아서 엉엉 울어도

그 시간이 지나면 언제 그랬냐는 듯 해맑게 웃는다.

우리에게는 가끔 아이 같은 모습이 필요하다.

누군가가 요새 어떻게 지내냐고 물어왔을 때,

습관적으로 잘 지내고 있다는 말이 나온다.

정말 잘 지내고 있을까?

혹시 나도 모르게 매번 나를 속이고 있지는 않은지.

건강하죠?
몸도, 마음도

건강해야 한다는 말이 몸의 건강만을 뜻하지는 않을 것이다. 마음이 건강하지 않을 때, 몸이 아프기도 하기에.

누군가가 요새 어떻게 지내냐고 물어왔을 때, 습관적으로 잘 지내고 있다는 말이 나온다. 정말 잘 지내고 있을까? 혹시 나도 모르게 매번 나를 속이고 있지는 않은지.

어쩌면 잘 지낸다고 대답하는 것은 누구 한명 붙잡고, 나 요즘 힘들다고, 못 지내고 있다고 말하는 것보다 더 쉬운 일일지도 모른다. 그렇지만, 나에게만큼은 솔직하게 말해야 한다. 내 마음을 알고 받아들이는 것은 무엇보다도 우선시돼야 하기 때문에. 지금 그럭저럭 잘 지낼 만한지, 혹시 조금만 움직이면 곤두박질칠 낭떠러지 위에 있지는 않은지. 객관적인 시선으로 자신을 바라보는 일은 어렵지만, 그 과정이 있어야 나를 보살필 수 있다. 우리는 조금 더 스스로에게 솔직해질 필요가 있다.

힘들고 아픈 것을 자신에게까지 속이지 말자.

실수하거나 잘못한 일은 내 기억 속에 오래도록 남는다.

그 장면은 머릿속에서 수없이 재생되며 나를 괴롭힌다.

행동을 후회하고 자책하며 그때에 머물러 있기보다

더 이상 같은 상황이 일어나지 않도록 노력하는 것이

더 중요하다.

잔향

음식을 데워먹으려다 다 태운 적이 있다.

전자레인지 근처에서부터 탄내가 진동하고, 문을 열
자 매운 연기가 터지듯 뿜어져 나왔다. 음식은 형체
를 알아볼 수 없을 정도로 새까맣게 타서 그릇에 눌
어붙어 있었다. 냄새가 얼마나 지독한지 연기의 흔적
은 1주일 동안이나 주변을 맴돌았고, 그 후에도 전자
레인지를 열면 그 냄새가 희미하게 맡아졌다. 탄내의
잔향은 생각보다 더 길게 남는다. 곤혹스러웠고, 왜
조심하지 못했을까 자책하기도 했다. 그런데 그 탄
내가 다시 같은 실수를 하지 않게끔 해주었다. 큰 고
민하지 않고 전자레인지를 돌리던 때와 다르게, 적정
시간을 찾기 위해 필요하면 인터넷에 검색을 하기도

했고, 음식을 넣고 나서 방치하지도 않았다.

실수하거나 잘못한 일은 내 기억 속에 오래도록 남는다. 그 장면은 머릿속에서 수없이 재생되며 나를 괴롭힌다. 행동을 후회하고 자책하며 그때에 머물러 있기보다 더 이상 같은 상황이 일어나지 않도록 노력하는 것이 더 중요하다. 이미 일어난 일은 되돌릴 수 없지만, 미래는 바꿀 수 있으니까.

과거의 경험은 내가 가는 길 위에 마치 미끄럼 방지판처럼 붙어 있어서, 앞으로 같은 일을 겪었을 때 다시 넘어지지 않게 도와줄 것이다.

이제는 나에게 시간을 준다.

어떤 것에 의지하지 않고,

억지로 몸을 피로하게 하지 않고,

누군가의 도움을 받지 않고,

그저 스스로 그곳에 나올 때까지 기다려준다.

그게 아니라면 마음속에 결점을 품고 살아가게 되니까.

나에게
시간 주기

의욕이 생기지 않고 무기력할 때, 그 마음에서 빨리 벗어나기 위해 애썼던 날들이 있다. 이대로 가만히 둔다면 영영 무기력 속에서 빠져나오지 못할 것 같았다. 집에 있고 싶은 몸을 이끌고 밖을 나가거나 당장 하지 않아도 될 것들을 한껏 꺼내놓고는 하기 위해 애썼다. 하지만 어떤 것도 마음에 다시 활력을 생기게 해주지 않았다. 스트레스만 늘고, 무기력한 삶에 익숙해져갈 뿐이었다.

이제는 나에게 시간을 준다. 어떤 것에 의지하지 않고, 억지로 몸을 피로하게 하지 않고, 누군가의 도움을 받지 않고, 그저 스스로 그곳에 나올 때까지 기다

려준다. 그게 아니라면 마음속에 결점을 품고 살아가
게 되니까.

나에게 시간을 주자.
충분히 이겨내고,
일어날 수 있을 거다.

실수는 다른 사람들 눈에 유독 잘 띄고,
안 그래도 움츠린 사람을 더 위축시킨다.
'나는 이것밖에 안 되는 사람인가,
왜 이런 것도 못하지.' 하며 자신을 미워하고
한심해하게 된다.
지켜야 할 자존감마저 놓치게 되는 것이다.
처음이니까 그렇다.
아직 낯설고, 아는 것보다
모르는 게 많으니까.
그저 모든 것이 처음이라,
어렵고 힘든 거다.

처음이니까,
처음이라서

신입생이나 신입 사원처럼 새로운 환경에서 새로운 일을 해야 할 때, 잦은 실수를 하게 되는 경우가 많다. 그 실수는 다른 사람들 눈에 유독 잘 띄고, 안 그래도 움츠린 사람을 더 위축시킨다. '나는 이것밖에 안 되는 사람인가, 왜 이런 것도 못하지.' 하며 자신을 미워하고 한심해하게 된다. 지켜야 할 자존감마저 놓치게 되는 것이다.

처음이니까 그렇다. 아직 낯설고, 아는 것보다 모르는 게 많으니까. 그저 모든 것이 처음이라, 어렵고 힘든 거다.

보통 물에 들어가기 전에, 몸에 물을 적시거나 좋아

리 부근까지만 담그고 잠깐 동작을 멈춘다. 몸이 물의 온도에 적응할 시간을 주기 위해서다. 만약 그러지 않고 물속으로 바로 들어간다면, 예상치 못한 온도에 황급히 밖으로 나오게 될 것이다. 심한 경우에는 다칠 수도 있다.

이처럼 새로운 환경에서도 적응할 수 있는 시간을 줘야 한다. 두 팔로 몸에 물을 적시며 천천히 그 속으로 들어가는 것이다. 후에 완전히 물속에 들어갔을 때에는, 더 발전한 나를 만날 수 있을 것이다.

정작 상대는 아무렇지 않은 상태일 수 있다.

당사자가 아니면 모르는 일을 예민하게 받아들이면서

자신을 괴롭히지 않았으면 한다.

상대방의 표정이나 말투에 집중하다 보면 어느새

내 마음은 묵살시키게 되니까.

네 마음은
어떻대?

상대의 표정이나 말투 하나하나를 신경 쓰며 지나치게 타인을 생각하는 사람이 있다. 정작 자신의 마음에게는 조용히 하라고 호통을 치면서. 같은 표정이나 말투라도 사람마다 받아들이는 게 다르다. 이 사람이 화난 것 같은데, 나에게 불만을 쌓아둔 것 같은데, 정작 상대는 아무렇지 않은 상태일 수 있다. 당사자가 아니면 모르는 일을 예민하게 받아들여 자신을 괴롭히지 않았으면 한다. 상대방의 표정이나 말투에 집중하다 보면 어느새 내 마음은 묵살시키게 되니까.

나는 지금 당신의 마음이 궁금하다.
다른 건 아무래도 좋고, 당신의 마음은 지금 어떤가.

마음속에 빈자리가 많을 때, 비집고 들어올 수 있는
부정적인 생각들이 너무나 많다.
지금 삶보다 내 감정이 버겁다면,
휴식 시간을 갖자.
빨리 벗어나기 위해서 나를 재촉하다가
더 깊은 곳으로 빠지지 말고,
쉬어가면서 찬찬히 살펴보자.

원인을
찾아내자

마음속에 빈자리가 많을 때, 비집고 들어올 수 있는 부정적인 생각들이 너무나 많다. 지금 삶보다 내 감정이 버겁다면, 휴식 시간을 갖자. 빨리 벗어나기 위해서 나를 재촉하다가 더 깊은 곳으로 빠지지 말고, 쉬어가면서 찬찬히 살펴보자. 무엇 때문에 힘든지, 어떤 것이 지금 나를 우울하게 하는 건지. 당장은 원인이 없어 보여도, 살펴보다 보면 한구석에 자리하고 있을 때가 많다. 원인을 알면 생각보다 빨리 벗어날 수 있다.

내가 해결할 수 있는 거라면 누구보다도 해결방안을 잘 알 것이기에 지금부터 벗어나기 위한 노력을 하면 된다.

내 뜻대로 할 수 없다면 해결할 수 없는 일들로 괴로

위할 필요 없다.

마지막으로 원인이 없다면, 이유가 없다는 걸 인지한
것만으로 좋은 시작점에 서 있는 것이다.

나를 들여다보는 것,

내게 자문해보는 것.

꼭 필요한 과정이다.

누군가에게 기대하지 말 것.

준 만큼 받기를 바라지 말 것.

나를 위해서 알아야 할 말.

바라는 대로 되지 않을까봐 초조해하지 않고,

바라는 대로 되지 않았다고 실망하지 않도록.

나를 위해.

삶에서 사이다 캐릭터처럼 행동하기는
어려운 일이다. 누군가에게는 불가능한 일일 수도
있다. 하지만 가득 차 있는데도 불구하고,
계속해서 삼켜야 하는 고구마 같은 당신의 나날들에
사이다 한 방이 들어오기를 진심으로 바란다.

사이다와
고구마

요즘, 사람들은 사이다와 고구마를 다른 의미로 즐겨 쓴다. 속이 뻥 뚫리는 것처럼 시원한 감정이 들 때는 사이다, 속이 꽉 막힌 것처럼 답답할 때는 고구마라고. 드라마나 영화와 같은 매체 속에서도 사이다와 고구마 캐릭터가 존재한다. 자신의 권리를 찾고, 똑부러지게 할 말 하는 캐릭터와 선한 탓에 매번 누군가에게 당하고도 늘 참는 캐릭터. 사람들은 둘 중에서 사이다 캐릭터를 선호한다.

사이다를 넘어서, 악역에 대한 매력도도 굉장히 상승했다. 예전이었으면 악플에 시달리고, 안티 팬들이 늘어났을 캐릭터가 예상 외로 사랑받는 모습도 흔히 볼 수 있다. 언젠간 데뷔한 이래로 첫 악역을 맡은 한

배우가 "속 시원했다. 사람들에게 욕먹을 각오하고 연기했는데, 예상 외로 많은 분이 좋아해 주셔서 감사하다."라고 말하는 인터뷰를 본 적이 있다.

나도 전만큼 악역을 나쁘게 바라보지 않고, '사이다'라고 말하는 장면을 굉장히 좋아한다. 심지어 그 드라마나 영화를 보지 않았어도, 일부러 찾아볼 때도 있다. 보고 있으면 속이 시원하고, 괜히 기분이 좋아진다. 이런 것들이 지금 인기가 많은 이유는, 아마도 내가 그렇게 하지 못하니까. 매체를 통해서 대리만족을 느끼기 때문이지 않을까. 그것은, 지금 참고 있는 사람이 많다는 뜻도 될 것이다.

삶에서 사이다 캐릭터처럼 행동하기는 어려운 일이다. 누군가에게는 불가능한 일일 수도 있다.

하지만 가득 차 있는데도 불구하고,
계속해서 삼켜야 하는 고구마 같은 당신의 나날들에
사이다 한 방이 들어오기를 진심으로 바란다.

내가 뭘 잘못한 거지? 왜 저 사람은 나를 미워할까?
나한테 되물으며 괴롭힌다.

나를 안 좋게 바라보는 사람을 존중하기로 했다.
'마음에 안 들 수도 있지 뭐.' 하면서. 왜냐면 문득,
나를 미워하는 사람 때문에 상처받고 스트레스 받으면서
온종일 생각하는 것은, 나를 이유 없이 사랑해주는
사람들을 등지는 행동이라는 생각이 들었기 때문이다.

나를 미워하는
사람을 만났을 때

어딜 가나 나를 미워하는 사람이나 삐뚤어진 시선으로 바라보는 사람을 만나기 마련이다. 그런 사람 옆에 있으면 눈치 보면서 위축되고, 내 모습과 다른 행동이 나오기도 한다.

내가 뭘 잘못한 거지? 왜 저 사람은 나를 미워할까? 나한테 되물으며 괴롭힌다.

나를 안 좋게 바라보는 사람을 존중하기로 했다. '마음에 안 들 수도 있지 뭐.' 하면서. 왜냐면 문득, 나를 미워하는 사람 때문에 상처받고 스트레스 받으면서 온종일 생각하는 것은, 나를 이유 없이 사랑해주

는 사람들을 등지는 행동이라는 생각이 들었기 때문
이다. 사실은 나와 잘 지내는 사람들이 더 많은데. 그
사람들에게 더 집중하는 것이 맞다는 생각이 들었다.
앞으로는 나를 싫어하는 사람을 만나면 잘 보이려고
애쓰지 않고, 미련 가지지 않고, 보내려 한다.

당신이 못나서, 당신이 부족해서가 아니다.
우리 그 사람을 괜히 붙잡지 않고 보내자.

우리, 스스로 단단해져서 수많은 것들로부터 나를 지키자. 내가 단단하다면, 주변에서 일어나는 것들에 상처는 받을 수 있어도 나에 대한 믿음이 흔들리지는 않는다. 다른 사람의 입맛대로 나를 바꾼다든지, 나를 깎아내리는 것이 아니라 꿋꿋하게 나를 지킬 힘을 얻는 것이다. 자존감을 위해 한 계단씩 올라갈 때, 가장 첫 번째에 있는 계단은. 내 속에 있는 말을 들어주는 거라고 생각한다. 마음속에서 외치고 있는 말을 무시하지 않는 거다.

내가 사랑스럽지
않은 날에

여러 사람의 고민을 듣다 보니, 요즘에는 자신과 사이좋게 지내지 않는 사람들이 많다는 것을 느꼈다. 눈만 마주쳐도 헐뜯기 바쁜 사람처럼 자신을 싫어한다. 어떤 사람은 남을 사랑하는 것보다 나를 사랑하는 것이 더 어렵다고 말한다. 또 누군가는 남들은 인지조차 못 하는 모습을 단점이라고 생각하며 자신을 미워하기도 한다.

'나'는 인생에서 가장 베스트프렌드로 지내야 할 사람이다. 그러기 위해서 필수적으로, 나를 존중해주고 원하는 것들을 들어주면서 친하게 지내야 한다. 내가 나를 사랑하지 않으면 주변에서 아무리 꽃 같은 말을 건네도 믿지 않고, 끊임없이 누군가와 비교하며 나의 가치를 깎아내리고, 잘 이뤄낸 일에도 질책한다. 또, 나에게 막 대하는 타인을 유독 많이 만나게 된다. 그들은 '자존감 도둑'이다. 자존감 도둑들은 나를 사랑하지 못하는 순간에 만나면 본색을 드러낸다. 나를 제멋대로 조리하고 이용하면서.

우리, 스스로 단단해져서 수많은 것들로부터 나를 지키자. 내가 단단하다면, 주변에서 일어나는 것들에 상처는 받을 수 있어도 나에 대한 믿음이 흔들리지는 않는다. 다른 사람의 입맛대로 나를 바꾼다든지, 나를 깎아내리는 것이 아니라 꿋꿋하게 나를 지킬 힘을 얻는 것이다. 자존감을 위해 한 계단씩 올라갈 때, 가장 첫 번째에 있는 계단은, 내 속에 있는 말을 들어주는 거라고 생각한다. 마음속에서 외치고 있는 말을 무시하지 않는 거다. 나를 믿자. 그리고 존중하자. 무엇보다 내가, 나를 사랑하기 위해 노력하는 것이 가장 중요하다. 무작정 나를 사랑하는 것이 막연하고 어렵다면, 스스로 부족하다고 생각하며 미워하는 마음을 다잡는 것부터 시작해보면 된다.

이 세상에 나와 비슷한 성향을 가진 사람은 있어도 똑같은 사람은 없다. 나는 이 세상에서 유일한 사람이며 그 자체로도 충분히 빛나는 사람이니 자신을 꼭 사랑해주기를.

모두가, 단단해지고,
힘껏 나를 사랑할 수 있기를 바란다.

걱정을 한번 이용해보자. 차 사고에 대비하기 위해서
안전벨트를 매는 것처럼 불안한 만큼 철저하게
준비하는 것이다. 사고를 내지 않을 거라며
방심하지 않고, 운전을 잘한다며 자만하지 않고,
많은 경우의 수를 생각하면서.

걱정이
나를 삼킬 때

걱정은 늘 꼬리에 꼬리를 문다. 처음에는 조그마했던 것들이 점점 더해지면서 거대해진다. 걱정해서 뭐하겠냐며 쫓아버리고 싶어도, 끈질기게 내게 붙어 있다.

그럴 땐 걱정을 한번 이용해보자. 차 사고에 대비하기 위해서 안전벨트를 매는 것처럼 불안한 만큼 철저하게 준비하는 것이다. 사고를 내지 않을 거라며 방심하지 않고, 운전을 잘한다며 자만하지 않고, 많은 경우의 수를 생각하면서.

그렇다면 이제부터 걱정은 당신을 조금 더 단단히 매어주는 안전벨트가 되어 주지 않을까.

직접 해보지 않는 이상 알 수 없다.
하지 않는다면 오히려 실제 모습보다
더 부풀어 오르며 내 속에서 과장이 될 뿐이다.
그러면 시작 전에 기가 죽어서 위축되거나
포기하게 된다. 다른 사람들의 말도 어디까지나
충고일 뿐이다.

시작이
반이다

간혹 무언가를 해보기 전부터 겁에 질려서, 뒤에 숨은 채 이리저리 살펴본다. 다른 사람들의 성공담은 괴리감이 느껴지고, 실패하거나 포기한 사람들의 이야기가 더 잘 들린다.

직접 해보지 않는 이상 알 수 없다. 하지 않는다면 오히려 실제 모습보다 더 부풀어 오르며 내 속에서 과장이 될 뿐이다. 그러면 시작 전에 기가 죽어서 위축되거나 포기하게 된다. 다른 사람들의 말도 어디까지나 충고일 뿐이다. 경험이 섞였다고 해도, 그 사람의 경험이 나와 같을 거라는 보장이 없으니까. 무엇보다 하지 않는다면, 미련으로 남아서 후에 돌아봤을 때

두고두고 후회하게 될 수 있다. 별거 아니라고 생각
해야 한다. 해봐야 안다.

불안한 마음을 스펀지처럼 흡수하고,
지금 시작해보자.

내용이 다를 뿐이지,
그 사람에게 장점이 있는 만큼
나에게도 있다는 것을 알아야 한다.

타인과
비교하게 될 때

'그 사람은 그 사람이고, 나는 나다.'라는 생각은 필요하다. 특히 다른 사람과 나를 비교하게 될 때는. 내용이 다를 뿐이지, 그 사람에게 장점이 있는 만큼 나에게도 있다는 것을 알아야 한다. 또, 모든 사람은 제각각의 내용을 가지고 있다는 것도.

누군가와 비교하면서 나의 자존감이 낮아지고, 나를 미워하게 되는 것이 아니라 한층 더 성장할 수 있는 긍정적인 자극제가 되기를.

감정에도 애매하게 고장 난 날이 있다.
마음 한구석에서 우울한 마음이 드는데,
그것이 전체를 뒤덮고 있는 것은 아닐 때.
그때도 기분대로 행동하기보다 그저 무시한다.

애매하게
고장 난 날

나는 밖에 나갈 때 무조건 이어폰을 듣는데, 가끔 한쪽만 고장 날 때가 있다. 기계의 부속품이 완전히 망가져서 두 쪽 다 나오지 않았다면 당장 새로운 이어폰을 샀을 텐데. 한쪽만 고장 났을 때는 어쩐지 바로 바꾸게 되지 않는다. 결국 두 쪽 다 안 들리게 되거나, 지나가다가 이어폰 파는 곳을 발견하거나, 더 이상 불편함을 감수하기 힘들 때가 되어서야 바꾼다. 그 밖에도 키보드 자판 하나만 인식되지 않을 때, 휴대폰 모서리 쪽 액정이 깨져서 그 부분만 터치가 되지 않을 때 등 일부만 고장 났을 때, 참을 수 있을 때까지 견디다가 바꾸는 경우가 많다.

감정에도 애매하게 고장 난 날이 있다. 마음 한구석에서 우울한 마음이 드는데, 그것이 전체를 뒤덮고 있는 것은 아닐 때. 그때도 기분대로 행동하기보다 그저 무시한다.

그런데, 조금이라도 고장이 나서 불편함을 느꼈다면, 언젠가는 고치거나 바꾸게 되기 마련이다. 어차피 그럴 거 불편함을 감수하면서 미룰 필요 없지 않을까? 미룬다고 해서 고장났던 것이 고쳐지지는 않을 테니 말이다.

애매하다고 생각하면서 넘기지 말고, 당장 살펴보자.

이제껏 당신이 얼마나 많은 날을 살아왔는데.
어느 날의 온전한 휴식 정도는 충분히 누려도 된다.
하루하루를 소중하게 보내야 하기에,
이런 날이 필요한 것이다.

누군가의
하루

하루 동안 모르는 척 묻어두었던 고민과 근심은 어김없이 혼자 있는 새벽에 찾아온다. 쉽게 잠들지 못하고 뒤척이다 늦게 잠든 탓에 정오가 지나서야 일어나고는, 집에 있는 아무 음식이나 먹으며 허기를 채운다. 일어나서도 새벽 동안의 고민들이 여운에 남아, 괜히 무기력해진다.

누워서 움직이지 않다보니 어느새 한 번 더 잠에 들고, 오랜만에 꿈을 꾼다. 꿈은 꿈일 뿐이고 어쩌면 내가 만들어낸 욕망의 허상이겠지만, 오늘 꾼 꿈은 너무 달콤해서, 꿈에서 만난 사람이 너무 따스해서, 더 길게 꿈속에 있고 싶다는 생각을 한다. 그러다 눈을 뜨면 시간만 지나 있고 변한 건 없다. 다시 현실이다.

어느덧 밤이 오고, 죄책감은 함께 온다. 해야 할 것이 산더미인데, 하루를 날린 듯해서.

이제껏 당신이 얼마나 많은 날을 살아왔는데. 어느 날의 온전한 휴식 정도는 충분히 누려도 된다. 하루하루를 소중하게 보내야 하기에, 이런 날이 필요한 것이다.

아무것도 하지 않은 것 같아도, 나를 바라보고 휴식을 준 시간이다. 수고했고, 잘했다.

그런데도 여러 장애물을 뚫고 내가 태어난 데에는
이유가 있지 않을까, 하며 의외로 힘을 얻기도 했다.
특히 삶에서 한 번씩 맞닥뜨리는 아주 커다란 갈림길
위에서 내가 원하는 방향으로 선뜻 향할 수 없을 때,
수많은 확률, 어쩌면 태어나지 못했을 수 있는 상황을
이겨내고 태어났는데, 마음 가는 대로,
하고 싶은 대로 하자, 라고 생각하며 나의 선택에
자신감을 갖기도 했다.

존재의
정의

사실 나는 태어나지 못할 뻔한 아이였다. 그 당시 부모님은 나의 언니, 한 명만 키우기를 원하셨다. 조금 자라고 나서 그 사실을 알았을 때, 상처받기보다는 묘한 기분이 들었다. 어쩌면 내가 이 세상에 존재하지 않았을 수도 있었다는 게.

그런데도 여러 장애물을 뚫고 내가 태어난 데에는 이유가 있지 않을까, 하며 의외로 힘을 얻기도 했다. 특히 삶에서 한 번씩 맞닥뜨리는 아주 커다란 갈림길 위에서 내가 원하는 방향으로 선뜻 향할 수 없을 때, 수많은 확률, 어쩌면 태어나지 못했을 수 있는 상황을 이겨내고 태어났는데, 마음 가는 대로, 하고 싶은 대로 하자, 라고 생각하며 나의 선택에 자신감을 갖기도 했다. 마음을 펼치지 못할 때, 난 그렇게 생각하며 힘을 얻었다.

부모님의 철저한 계획과 노력으로 태어난 사람도 있고, 나처럼 예상치 못하게 태어난 사람도 있을 것이고, 또 어떤 사람은 환영받지 못했을 수도 있다.

어찌 됐든 높은 확률을 뚫고 우리가 이 세상에 태어나서 일부를 자리하며 살아가고 있는 데는 다 이유가 있지 않을까.

겉으로 봤을 때는 알 수 없다.

한 사람 마음의 무게를.

하루에 몇 번씩을 울컥하는지,

한마디 말이 얼마나 오랫동안 남아 있는지.

지난 기억이 붙잡고 있는지.

한 걸음도 나아갈 수 없을 만큼 벅찬지.

웃음 뒤에 숨겨진 것들을

겉으로 봐서는 아무도 알 수 없다.

나 혼자 암흑 속에 내팽개쳐진 것 같을 때가 있다.

사방에 아무도 보이지 않고, 철저하게 혼자일 때.

지금 내가 겪고 있는 것들이 결국은 나의 일이고,

스스로 견뎌내야 한다는 사실이 온몸으로 느껴진다.

이제 나는 밝아 보이는 사람이 온전히 밝을 거라 생각하지 않는다. 오히려 행복한 표정을 지으며 아픈 마음을 숨기기 위해서 더, 더 노력하고 있을 수도 있다.

밝아 보이는 사람이
더 아프다

고등학교 때, 나와 한 학기 내내 짝지를 했었던 친구가 있다. 그 아이는 반에서 흔히 '분위기메이커'라고 불렸는데, 1교시나 점심시간 뒤 수업인 5교시처럼 아이들이 가장 피곤해하고 집중하지 못하는 시간에 선생님께 장난 섞인 말을 건네며 순식간에 분위기를 바꾸는 대단한 친구였다.

다들 무서워하는 학생부장 선생님께도 예외는 없었다. 무뚝뚝한 모습으로 수업만 하시던 선생님께서도 그 친구가 이야기하면 못 말려하며 웃어주셨다. 덕분에 친구는 선생님들 사이에서도 유명했고, 수업에 들어오지 않는 선생님들과도 가깝게 지냈다. 물론 반 아이들과도 잘 지냈다. 나는 그 친구와 짝이 된 후에 본

격적으로 친해졌다. 사적으로 만나며 인연의 끈을 조금씩 더 단단하게 이어가고 있을 때쯤, 그 친구는 울면서 내게 가정사를 털어놓았다. 평소에 누구와도 잘지내고, 장난기가 많고, 밝아 보이는 친구였기에 내면에 그런 아픔이 숨겨져 있을 거라고는 생각지도 못했었다. 이제껏 아무것도 알지 못하고 가족 이야기를 서슴없이 말했던 것이 너무 미안해졌다. 어떤 위로를 해줘야 할지를 몰라서 그저 친구의 눈물을 닦아주고, 어깨를 다독여줬었다. 그때 우리는 고작 17살이었고, 친구가 감당해야 할 무게는 그 이상이었다.

이제 나는 밝아 보이는 사람이 온전히 밝을 거라 생각지 않는다. 오히려 행복한 표정을 지으며 아픈 마음을 숨기기 위해서 더, 더 노력하고 있을 수도 있다. 나 또한 겉으로 봤을 때는 어두운 쪽보다 밝아 보이는 편이다. 그래서인지 책 『실은 괜찮지 않았던 날들』이 나왔을 때 주변에서 놀라는 사람들이 몇 있었다. 네가 이런 면이 있었어? 하고. 심지어 가족들도 낯설어하는 글들이 존재했다.

나는 그렇게 생각한다. 아무런 걱정 없이 밝아 보이는 사람의 속에는 오히려 드러내지 못해서 아무도 모르게 점점 침강되면서 곯아버린 것들이 있을 거라고. 심리적으로 우울한 것, 계속 참아내느라 생긴 화병, 원하는 방향으로 흘러가지 않는 관계에 대한 마음앓이, 타인에게서 받은 상처, 삶의 버거움 등이 말이다.

어쩌면 밝아 보이는 사람은 아픈 감정을 잘 숨기는 사람일지도 모른다.

'결국은 잘 될 거야, 힘내.'와 같이 가장 기본적인 뜻을 담고 있고 수없이 들은 말인데도, 내가 나에게 말한다면 좀 다르게 느껴진다. 전과는 다른 자신감이 생기고, 한 번 더 일어날 힘을 얻는다.

나에게
위로받는 시간

내 글이 가장 와 닿는 사람은, 내가 아닐까. 아무래도 나의 경험과 생각, 느낌을 쓰면서 나라는 사람의 일부를 숨김없이 보여주는 거니까. 어떤 글은 쓴 지 시간이 꽤 흘렀는데도, 읽으면 감정이 다시 올라오면서 눈물이 나온다. 마치 글 속에 그 시절의 내 영혼이 들어가 있는 것 같다.

종종 남한테 말하듯이 나에게 해주고 싶은 말도 쓴다. '결국은 잘 될 거야, 힘내.'와 같이 가장 기본적인 뜻을 담고 있고 수없이 들은 말인데도, 내가 나에게 말한다면 좀 다르게 느껴진다. 전과는 다른 자신감이 생기고, 한 번 더 일어날 힘을 얻는다. 주변에서 내게 아무리 힘내라고 용기를 북돋아줘도, 스스로 힘내라는 말을 해주지 못하면 그 말이 공허하게 들릴 뿐이다.

지금 잠시 멈춰 있다면, 나아갈 방향을 잃었다면, 모든 것을 내려놓고 싶다면, 마음을 다해 스스로에게 "잘 할 수 있어, 힘내."라고 말해주자. 누구의 말보다 위로가 될 것이다.

지나 보니 그렇다. 가까운 사이라고 해서,
꼭 내게 좋은 사람이지는 않았다. 수많은 것들을
물리치고 안에 들어온 내 사람이라는 이유로 내가
알려고 하지 않았을 뿐.

나를 돌보지
못했던 시간

누구나 돌아봤을 때, 어리석었던 관계가 있을 것이다. 나의 애정으로만 누군가를 붙잡아두기 위해서 바짓가랑이를 잡고 있었던 날. 상대가 점점 더 큰 것을 가져와서 나를 할퀴어도 끝까지 모르는 척 눈감아줬던 날. 그렇게 미처 나 자신을 돌보지 못했던 모든 날. 지나 보니 그렇다. 가까운 사이라고 해서, 꼭 내게 좋은 사람이지는 않았다. 수많은 것들을 물리치고 안에 들어온 내 사람이라는 이유로 내가 알려고 하지 않았을 뿐.

이제는 우리 자신을 더 사랑하자.
누군가가 막 대해도 되는 사람 아니니까.

그래서 내가 이제껏 숨겨왔던 아픔들은 다 어디에 있을까. 자신을 찾아주지 않는 술래를 하염없이 기다리며 외로워하고 있지는 않을까. 그렇게 나도 모르는 새에 아픔이 배로 늘어났을지도 모른다.

숨바꼭질

내게 닥친 힘든 일에 대해 그것도 이겨내지 못하는 사람이라는 시선이 두려워서 아픈 마음에 잠시 숨어 있으라고 말할 때가 있다. 아무도 찾지 못하게 꼭꼭. 나조차도 발견하지 못할 정도로 더 꼭꼭. 그래서 내가 이제껏 숨겨왔던 아픔들은 다 어디에 있을까. 자신을 찾아주지 않는 술래를 하염없이 기다리며 외로워하고 있지는 않을까. 그렇게 나도 모르는 새에 아픔이 배로 늘어났을지도 모른다.

내게 새겨진 아픔을 가볍게 여기지 말자. 손톱만큼 작다고 해도. 아픈 건 아픈 거니까. 누군가 엄살이라고 해도 아니, 그런 눈빛으로 나를 쳐다봐도 신경 쓰지 말고 무시하자.

그 사람은 내 상처를 다 헤아릴 수 없다. 내 상처를
알 수 있는 사람은 나뿐이니까.
자, 이제 내 속에 숨어 있는 것들을 찾으러 가자.

새로운 방향으로 걸어가는 순간이 와도, 내가 노력한
날들은 내 인생 중 하나의 내역으로 남아 있어서,
앞으로 더 많은 날들을 살아가면서 필요한 순간에
나오곤 할 것이다.

한 만큼
이익이다

이전 책에서 아버지의 전기기사 자격증 시험에 대해 적었다. 그 당시에는 1차 합격을 한 뒤 2차 시험을 앞두고 계셨는데, 현재는 합격을 하셨다. 나는 아버지께 물었다. 시험 준비를 하면서 모든 게 물거품이 될까봐 불안한 적은 없으셨냐고. 사실 회사를 다니면서 공부를 해야 하기에 도전하는 과정이 쉽지는 않았을 거라 생각했기 때문이다. 아버지는 그런 적은 없었다고 하셨다. 한 만큼 이익이니까.

생각해보면 그렇다. 내가 노력한 것들이 한순간에 물거품이 되어서 헛수고가 될 수 있을까. 그 일에 마침표를 찍고 돌아서고 새로운 방향으로 걸어가는 순간

이 와도, 내가 노력한 날들은 내 인생 중 하나의 내역
으로 남아 있어서, 앞으로 더 많은 날들을 살아가면
서 필요한 순간에 나오곤 할 것이다.

헛된 것은 없다.
그러니까 한 만큼, 이익이다.

맥락과 어울리지 않으니까 지우는 게 맞다고 생각하면서도, 아주 구질구질하게 미련을 갖는다. 어떻게 다른 문장에 덧붙여서 쓸 수는 없나, 맨 뒤에 적어볼까 하면서.

덜어내기

퇴고를 하다 보면 가장 힘든 순간이 마음에 드는 문장을 빼내는 것이다. 맥락과 어울리지 않으니까 지우는 게 맞다고 생각하면서도, 아주 구질구질하게 미련을 갖는다. 어떻게 다른 문장에 덧붙여서 쓸 수는 없나, 맨 뒤에 적어볼까 하면서. 나의 기준에서는 더 많은 새로운 문장을 넣는 것보다 문장 하나를 빼는 것이 더 어렵다. 그렇지만 그 문장을 빼고 읽어보면, 훨씬 글이 깔끔하고 좋아졌다는 걸 느낀다.

무언가를 덧대거나 더하는 것보다 어려운 것은 가지고 있는 것을 덜어내는 것이 아닐까. 하지만 때로는 과감하게 덜어내고 정리하는 것도 필요하다.

터무니없는 말에 동요하며

상처받지 않기를.

누군가의 비난에

온 마음이 무너져 내리지 않기를.

내게 오는 많은 것들 중

유해한 것은 걸러낼 수 있기를.

무인도에서 혼자 살지 않는 이상, 삶을 살아가면서 맺어지는 관계를 피할 수 없을 것이다. 학교에서, 직장에서, 동네에서, 헬스장에서, 취미 모임에서…. 심지어 가족도 관계라 할 수 있다. 그 많은 사람과 어떻게 늘 웃을 수 있을까. 영원히 잘 지낼 줄 알았던 사람과 등 돌리는 날도 있고, 서로의 우선순위에서 점점 뒤로 밀려나서 멀어지는 날도 있고, 누구보다 내 마음을 잘 알아주던 사람에게 따갑게 찔리기도 하면서 우리 모두 다 그렇게 사는 거지 뭐. 사람에게 상처받았어도, 더, 더 좋은 사람을 만나기 위한 과정일 거다.

2부

나와 맞지 않는 사람이라는 걸
왜 받아들이지 못했을까?

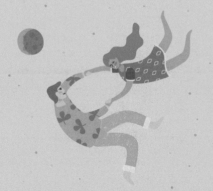

성격이 소심한 사람도 사랑 앞에서는 용감해질 수
있고, 타인을 이해할 줄 모르는 사람도 사랑하는
사람과 관련된 것은 끊임없이 이해할 수 있다.
사랑이란 게 그렇다.

그 모든 것에서 사랑은,
별개야

성격이 소심한 사람도 사랑 앞에서는 용감해질 수 있고, 타인을 이해할 줄 모르는 사람도 사랑하는 사람과 관련된 것은 끊임없이 이해할 수 있다. 사랑이란 게 그렇다. 원래 나의 성격과 가치관은 무용지물이 되고, 전혀 다른 나를 만나게 한다. 나를 변화시킨 그 사람을 사랑하고, 변화된 내 모습을 사랑하고, 그 사람을 변화시킨 나를 사랑하고….

모든 것이 사랑의 순환이다.
사랑은 그렇게 당신 속에서 잘 흘러가고 있다.

정말 우리에게 그런 일이 있었던 건지 이젠 다 희미하고 새삼스러워졌지만, 서로의 곁에는 다른 사람이 자리하고 있지만, 다시는 돌아갈 수 없는 그 시절 속에서 우린 사랑 이상의 사랑을 했었던 거라고.

그 정도의
인연은 됐으면

가끔은, 옛 연인이 내 책을 찾아보는 상상을 한다. 책에 일가견이 없는 사람이 부러 서점에 가서 훔쳐보듯 내 책을 읽어보는 상상.

우리가 그 정도 인연은 됐으면 좋겠다. 정말 우리에게 그런 일이 있었던 건지 이젠 다 희미하고 새삼스러워졌지만, 서로의 곁에는 다른 사람이 자리하고 있지만, 다시는 돌아갈 수 없는 그 시절 속에서 우린 사랑 이상의 사랑을 했었던 거라고. 한때 내 모든 것을 바쳐 사랑했고, 그 시간 전부를 차지했던 사람과 그 정도의 인연은 되기를 바란다. 나에 대한 미련이 아닌 나의 모든 것을 알고, 나의 글과 글 쓰는 모습 역시, 진심으로 응원하고 사랑했던 사람으로서. 그 정도의 응원은 받고 싶다.

나 역시 그의 삶에 응원의 마음을 건네고 싶다.

어떤 사람을 만나고, 어떤 사람과 이야기를 나누고, 어떤 사람에게 삶의 한 컷을 내어주는지는 인생에서 중요한 일이다. 곁에 있는 사람으로 인해 새로운 가치관과 기준이 생기고 나아가 앞으로의 나를 정해주기도 하니까.

관계
돌아보기

어떤 사람을 만나고, 어떤 사람과 이야기를 나누고, 어떤 사람에게 삶의 한 켠을 내어주는지는 인생에서 중요한 일이다. 곁에 있는 사람으로 인해 새로운 가치관과 기준이 생기고 나아가 앞으로의 나를 정해주기도 하니까. 특히 애인이나 친구와 같은 감정의 밀도가 높은 사람이 주는 영향은 크다. 나와 맞는, 좋은 사람을 만난다면 바람직한 기준과 가치관이 생기고 감정의 결핍이 채워진다.

그런데 함께하면서 '이렇게까지 해야 유지되는 관계인가'라는 회의감을 느끼게 한다거나, 내 모습을 지우고 자신에게 무조건 맞추려 한다거나, 작은 배려도 하지 않아서 지치게 한다면, 나는 그 사람을 만나며 점점 자신을 사랑하기 힘든 사람이 될 것이고, 세상에 대한 기준이 낮아져서 흔한 친절에도 온 마음을 다 줄 수 있다.

그런 사람은 분명 나에게 좋은 사람이 아니다.

가깝다는 이유로 그 사람의 인생에 질문을 늘어놓지 않는 편이다. 악의가 없다고 해도, 누군가에게는 곤란하거나 불편할 수 있으니까. 무슨 일이 생겨도, 내게 말해줄 때까지 기다린다.

기다려주는 것

가깝다는 이유로 그 사람의 인생에 질문을 늘어놓지 않는 편이다. 악의가 없다고 해도, 누군가에게는 곤란하거나 불편할 수 있으니까. 무슨 일이 생겨도, 내게 말해줄 때까지 기다린다. 늦게 말했거나 혹은 말하지 않아도 서운해 하지 않는다. 그건 그 사람의 마음이기에. 그러다 보니 나의 마음도 어느 정도 존중 받기를 바란다. 가까운 사이라 한들, 먼저 밝히지 않은 개인적인 일에 대한 질문을 받는 것을 좋아하지 않는다.

기다려주는 것. 그건 가까운 사람이, 가깝기 때문에 할 수 있는 존중이 아닐까.

'함께 있을 때 가장 나다울 수 있는 사람을 만나세요.'

누군가에게 가장 나다울 수 있다는 건, 나의 모든
면이 차별받지 않고 사랑받고 있다는 의미라고
생각하기에.

나다울 수
있는 사람

'함께 있을 때 가장 나다울 수 있는 사람을 만나세요.'라는 말을 많이 들어봤을 것이다. 그 말에 전적으로 동의한다. 진심으로, 많은 사람의 연인을 만나는 기준에 저 말이 포함되기를 바란다. 누군가에게 가장 나다울 수 있다는 건, 나의 모든 면이 차별받지 않고 사랑받고 있다는 의미라고 생각하기에. 그렇게 되면 단점이라며 숨기려 하지 않고, 장점만 드러내려 애쓰지 않고 그저 있는 그대로의 내 모습이 나온다.

한번씩 몰랐던 나를 발견하기도 하며. 당신의 모든 것이 차별받지 않고, 어떤 면도 소외당하지 않고 누군가의 사랑을 한 몸에 받기를 바란다.

누군가를 단번에 잊을 수는 없다고 생각한다.

짧고 얕은 만남이었다고 해도 흔적을 남긴다.

언제, 어떻게 나아질지도 미지수다.

그리운 만큼
그리워하자

이별을 하면 상대를 잊으려 노력한다. 생각하지 말자고 수백 번을 다짐하며. 그런데 그렇게 하면 오히려 더 생각이 나는 부작용이 일어난다.

누군가를 단번에 잊을 수는 없다고 생각한다. 짧고 얕은 만남이었다고 해도 흔적을 남긴다. 언제, 어떻게 나아질지도 미지수다. 만난 기간과 그리움은 비례하지 않아서 짧은 만남에 긴 여운을 남기는 사람이 있고, 길게 만나도 단시간에 정리되는 사람이 있다.

시간이 꽤 지났는데도 생각이 난다고 해서 자신을 타박하지 말자. 점점 무뎌지는 것이지, 누군가를 완벽히 잊을 수 있을까. 영화 〈이터널 선샤인〉처럼 기억을 지워주는 병원이 있지 않은 이상 불가능할 것이다.

우리는 감정과 생각을 제어하지 못한다.

그러니 그리운 만큼 힘껏 그리워하자.

생각나면 생각해버리자. 후에 되돌아오지 않게.

애정하는 사람에게서 나와 맞지 않는 점이나 마음에
들지 않는 부분이 보이면 장점을 생각하면서
그 부분은 이해하려고 노력한다. 누구나 장단점이
공존하니까.

사람을
고칠 수 있을까

나는 사람은 고칠 수 없다고 생각한다.
더 구체적으로 말하자면, 내가 누군가를 고칠 수 없
다고 생각한다.

애정하는 사람에게서 나와 맞지 않는 점이나 마음에
들지 않는 부분이 보이면 장점을 생각하면서 그 부분
은 이해하려고 노력한다. 누구나 장단점이 공존하니
까. 그 사람의 장점을 사랑하고 있다면, 단점도 어느
정도는 감수하고 받아들여야 한다고 생각한다.
여러 번 말했는데도 상대가 변하지 않는다면, 그건
쉽게 바꿀 수 없는 그 사람의 본성이다. 이해하거나,
이해하지 못해서 관계를 끊는 건 나의 선택이다.

그러지 않고 상대의 본성을 고치려 드는 순간,

서로 지치고 힘이 들 수밖에 없을 것이다.

살아가다 보면 누군가에게 소중한 사람이 되고픈 욕심이 나는 순간이 다가온다. 책 한 권 속 수없이 많은 낱말 중 별 표 다섯 개가 그려진 단 하나의 단어처럼 그 사람의 마음속에서 가장 중요한 사람이 되고픈 것이다.

우리 사이의 농도가
더 짙어졌다고 생각했는데,
아니었을 때

살아가다 보면 누군가에게 소중한 사람이 되고픈 욕심이 나는 순간이 다가온다. 책 한 권 속 수없이 많은 낱말 중 별 표 다섯 개가 그려진 단 하나의 단어처럼 그 사람의 마음속에서 가장 중요한 사람이 되고픈 것이다.

그럴 때 나는 상대와 나의 애정이 같아지기를 바라며 노력했다. 먼저 연락을 건넸고, 필요한 순간에만 연락하는 그 사람의 모습을 외면했다. 만날 때는 상대의 편의를 우선으로 생각했다. 내 감정을 모두 보여주며 나라는 사람을 드러냈다. 하지만, 아무리 노력해도 그 사람의 선 안으로 들어갈 수 없다는 걸 느꼈다.

누군가에게 소중한 사람이 된다는 건, 내 노력으로

할 수 있는 영역이 아니었다. 그저 그 사람의 본능적인 마음이 결정하는 것일 뿐. 상대가 노력한다고 한들 달라질 건 없다. 그 사람도 자신의 마음을, 마음대로 할 수 없기에. 그걸 깨달은 후에 나는 나의 범위에는 포함되어 있지만, 그 사람의 범위에는 내가 해당되지 않는 마음 아픈 상황을 기꺼이 받아들인다.

그리고 본능적인 마음으로
나를 소중한 사람의 범위에 넣어준 곁의 사람들에게
감사함을 느끼며 살아간다.

자신이 상처받지 않기 위한 몸부림이었다. 속으로는
그 사람이 어떤 사람인지, 내게 좋은 사람인지 그렇지
않은 사람인지, 말이 되지 않는 핑계라는 걸
누구보다도 잘 알면서도.

포장

필사적으로 상대를 이해하려는 사람이 있다. 상대가 말하지 않은 것들까지 혼자서 추측하고, 말 안 되는 변명을 믿기도 하면서. 그 사람을 포장하는 것이다. 자신의 이상향이나 상대의 좋은 면을 크게 과장한 것으로 포장지를 씌운다.

나는 그런 사람을 옆에서 지켜본 적이 있다. 처음에는 상대를 많이 사랑하고 관계가 끝나는 것이 두려워서라고 생각했는데, 점점 지켜보다 보니 그건 가장 중요한 이유가 아니라는 것을 알았다. 자신이 상처받지 않기 위한 몸부림이었다. 속으로는 그 사람이 어떤 사람인지, 내게 좋은 사람인지 그렇지 않은 사람인지, 말이 되지 않는 핑계라는 걸 누구보다도 잘 알면서도. 계속 관계를 이어나가면 후에 내 힘으로 도저히 포장지를 씌울 수 없는 날이 오기 마련이다. 그때, 그 사람의 본 모습과 내가 포장을 한 모습에 대한 괴리감은 내가 다 받아들여야 한다.

아니라는 걸 알면서도, 상처받지 않기 위해 외면하고 있지는 않은지. 그 사람, 참아야 할 것들과 이해해야 할 것들이 과하게 많은 사람이 아닌지 돌아봐야 할 때다.

가까운 친구들과 얼굴 붉히며 다툴 일이 없었고,
앞으로도 그렇게 살아갈 줄 알았다.
살다 보면 한 번쯤은 '나는 절대 그러지 않는데.'와
같은 공식을 깨부수는 날이 오기 마련이다.
내게도 그랬다.

°인연

매사에 예민한 편이지만, 친구들에게는 그렇지 않다. 웬만해서는 서운한 것도 없고, 혹시 있다고 해도 굳이 꺼내지 않고 넘기는 편이다. 그러다 보니 가까운 친구들과 얼굴 붉히며 다툴 일이 없었고, 앞으로도 그렇게 살아갈 줄 알았다.

살다 보면 한 번쯤은 '나는 절대 그러지 않는데.'와 같은 공식을 깨부수는 날이 오기 마련이다. 내게도 그랬다.

내 삶의 어느 부분에서는 모조리 그 친구가 존재할 만큼, 우리는 가까웠다. 그 아이는 장점이 많았고 나는 그 외의 것들까지 좋아했는데, 포용하기 힘든 딱 한 가지가 있었다. 내게 많이 소중한 사람이었기에 몇 년을 고민했다. 진심으로, 내가 이 관계를 놓게 되는 상황까진 가지 않기를 바랐다. 그 부분에 대해서 이야기도 하고 이해하려고도 했지만, 결국 나는 견디지 못했다. 참아왔던 걸 한 번에 놓아버리니까 다시는 예전 마음으로 돌아가지지 않았다. 정붙이는 것보다 어려운 건 정을 떼는 것이었고, 그보다 더 어려운 건, 떨어진 정을 다시 붙이려 하는 것이었다.

결과적으로 나는 그 친구와 어떤 교류도 하지 않는다. 혹시 시간이 더 많이 흐른 뒤에 다시 잘 지낼지도 모른다. 사람 일이라는 게 언제든지 뒤바뀔 수 있으니까. 하지만 그런 일이 일어나지 않기를 바란다. 정말 어렵고 힘들게 한 선택이었기에.

우리가 그때의 기억을 마음 한 구석에 묻어둔 채, 각자의 시간을 가지고 잘 살아가기를 바란다. 그저 지금 가장 슬픈 것은, 앞으로 이런 일이 내게 더 많이 일어날 거라는 사실이다. 벌써부터 가슴이 시큰하다.

그렇게 하지 말자고 아무리 다짐해도,

그 사람의 한마디 말에 무너졌고,

혼자만의 다짐만 쌓여갔다.

관계가 확립되어서 당연해지기까지

대체 얼마나 넘어갔었던 건지.

맞지 않는 사람과 관계를 이어나가기 위해서

왜 그렇게나 애썼을까.

결국 상대는 내 노력을 알아차리지 못하고,

이렇게 끝날 거였는데.

아니 어쩌면 끝나는 게 당연한 사이였는데.

그들 또한 제 인생을 살아가다가 가끔은 나를 떠오르게 하는 것들에 붙잡혀서 나의 기억에 멈춰 있는 순간이 올까. 그렇다면, 그 기억 속에 살고 있는 나는 어떤 사람일까.

흘러간
사람들

누구에게나 삶에서 지나간 사람이 있다. 한때는 쉽게 보이지 않은 나의 일부를 꺼내놓을 만큼 가까웠지만, 이제는 그 사람의 흔적을 찾을 수 없을 만큼 멀어져 버린. 곁에 없어도 내 삶과 함께 흘러가면서 한 번씩 기억을 찌른다.

그들 또한 제 인생을 살아가다가 가끔은 나를 떠오르 게 하는 것들에 붙잡혀서 나의 기억에 멈춰 있는 순 간이 올까. 그렇다면, 그 기억 속에 살고 있는 나는 어떤 사람일까. 안타깝게도 더 이상 물어볼 수 없다. 우연 또한 우리를 도와주지 않을 것이다.

다만, 나와 웃으며 헤어진 사람도, 얼굴 붉혔던 게 마 지막 모습인 사람도, 사이가 벌어지고 있을 때 누구

하나 붙잡지 않은 탓에 영영 멀어져 버린 사람에게
도 나와의 기억이 아프지 않기를 바란다.

더 욕심을 내자면 그 순간 속에 때때로 멈춰서서 한
번씩은 웃어주길.

오랜만에 만나도 마치 어제 본 것처럼 거리감이
느껴지지 않는 사람들이 있다. 우리는 신기하게,
정하지 않아도 대충 어디서 만나 무엇을 할지
알고 있다.

여전한
사람들

오랜만에 만나도 마치 어제 본 것처럼 거리감이 느껴지지 않는 사람들이 있다. 우리는 신기하게, 정하지 않아도 대충 어디서 만나 무엇을 할지 알고 있다. 이제는 예전만큼 많은 시간을 서로에게 내어줄 수 없게 됐지만, 만날 때마다 떨어져 있던 시간의 공백을 빈틈없이 채우는 우리이기에. 불편하고 낯선 사람들과의 관계에 파묻혀서 애써 웃음 짓고 꾸며진 나를 바라보다가, 그들을 만나면 '아, 여기구나.' 하는 생각이 아주 자연스럽게 자리를 잡는다.

무언가가 사라지고, 새로운 것이 들어오며 변하는 것 투성이인데 그 자리에서 늘 여전한 사람들. 참 고맙다.

지나고 나니, 누군가와의 인연을 지키기 위해
왜 그렇게 아등바등했었나 싶다. 조금의 고마움도
모르는 사람 때문에 적어도 내 생활을 무너뜨리지는
않았어야 했는데. 확실한 건, 나는 그 사람에게
과분한 사람이었다는 것이다.

나를 무너뜨리면서까지 누군가의 인연을 지킬

필요 없고, 애초에 그렇게나 힘들게 하는 사람은

내 사람이 아니었다.

어쩌면 그 사람과 다시 사랑할 용기조차 없다.
그런데도 속에서 한 번쯤은 마주 보고, 서로의
이야기를 나누고 싶은 욕심이 늘 자리하고 있다.
그 당시에 미처 하지 못하고 속에 남겨졌던 말,
물을 수 없었던 질문, 이별 후에서야 깨달은 것들.

아직 끝나지
못한 관계

제대로 끝맺음하지 못한 관계는 여운이 참 길다. 시간이 지나고, 돌고 돌아서, 그 사람과 다시 만날 수 있는 순간이 온다고 해도, 그때처럼 행복하지 않을 거라는 걸 알고 있으면서 말이다. 어쩌면 그 사람과 다시 사랑할 용기조차 없다. 그런데도 속에서 한 번쯤은 마주 보고, 서로의 이야기를 나누고 싶은 욕심이 늘 자리하고 있다.

그 당시에 미처 하지 못하고 속에 남겨뒀던 말, 물을 수 없었던 질문, 이별 후에서야 깨달은 것들, 그 사람이 없었던 시간 동안 내게 일어난 힘들었거나 좋았던 일들을 모두 쏟아내면서. 조금의 마음도, 조금의 말도 남기지 않고 제대로 끝냈어야 했는데.

아니, 애초에 제대로 끝낼 수가 있었을까.

많은 사람은 이별 후에 인연이 아니었다고 말하지만,
나는 관계가 끊어졌다고 해서 맞물렸던 순간들을
모두 부정할 수는 없다고 생각한다. 어찌 됐건,
많은 시간 속에 오직 그 사람과 한 곳에서, 하나의
마음으로 만날 수 있었던 건 인연이었기 때문이라고.

인연이
아니었을까

인연이라는 것이 존재할까?

나는 있다고 생각한다. 영원하지는 않아도, 그때의 순간마다 유동적으로 변하며 존재한다고. 마치 누가 등 떠밀어주는 것처럼 타이밍이 맞아떨어져서 어느 순간에서 만날 수 있었던 사람이 있지 않은가. 비록 마지막 순간에는 수많은 노력과는 무관하게 끝났다고 해도.

많은 사람은 이별 후에 인연이 아니었다고 말하지만, 나는 관계가 끊어졌다고 해서 맞물렸던 순간들을 모두 부정할 수는 없다고 생각한다. 어찌 됐건, 많은 시간 속에 오직 그 사람과 한 곳에서, 하나의 마음으로 만날 수 있었던 건 인연이었기 때문이라고.

지금은 아니라고 해도 그때 그 순간만큼은 나와 그
사람, 인연이었을 것이다.

"서운하다."라고 말하기 위해서는 생각보다 더 많은
용기가 필요하다. 슬프거나 행복한 것보다 훨씬
감정을 전달하기가 어렵다. 무엇보다 상대에게는
별거 아닌 일일 수도 있고. 최악의 경우 상대의
공감을 얻지 못하고 예민한 사람이 될 수도 있다는
생각에.

서운함에서
이별까지

"서운하다."라고 말하기 위해서는 생각보다 더 많은 용기가 필요하다. 슬프거나 행복한 것보다 훨씬 감정을 전달하기가 어렵다. 무엇보다 상대에게는 별거 아닌 일일 수도 있고, 최악의 경우 상대의 공감을 얻지 못하고 예민한 사람이 될 수도 있다는 생각에. 그런 것들을 이겨내고 누군가에게 서운함을 토로할 때는, 관계가 뒤틀어지지 않을 수 있을 때다. 더 이상 돌이킬 수 없는 것은 그조차도 하지 않을 때다.

아무 말도 하지 않는 것은 이제야 이해를 받는 것이 아니라 이별에 가까워지고 있는 것.

어떻게 이렇게나 다를 수 있을까 하며 부딪히는 면이 있고, 가족이나 오래된 친구보다 더 잘 맞는 부분도 있다. 바람을 피운 것처럼 객관적인 잘못으로 헤어진 것이 아니라면, 맞지 않았던 부분이 더 이상 맞춰나갈 수 없을 때 이별을 하게 된 것이다.

이별,
나부터 지키기

만나고 헤어졌다는 흔하디흔한 이별 이야기가 되지 않기를 바랐던 사람.
평생을 함께한다는 아주 희박한 확률에 당연히 포함될 줄 알았던 사람.

그랬던 사람이 내게 이별을 말하면, 마치 나라는 사람이 거절당한 것 같은 느낌이 든다. 그 감정은 나를 미워하는 마음으로 번져 나간다. 잃고 싶지 않았던 사람이 떠나갔기에, 모든 것을 내 탓으로 돌리게 되는 것이다. 내가 잘못해서, 내가 부족해서 이 사람이 떠나갔다며.
애초부터 같지 않은 두 사람이 만난 것이다. 어떻게

이렇게나 다를 수 있을까 하며 부딪히는 면이 있고,
가족이나 오래된 친구보다 더 잘 맞는 부분도 있다.
바람을 피운 것처럼 객관적인 잘못으로 헤어진 것이
아니라면, 맞지 않았던 부분이 더 이상 맞춰나갈 수
없을 때 이별을 하게 된 것이다. 그 부분은 그 사람에
게 단점이었던 거지, 나의 절대적인 단점이라고 말할
수 없다.

누구를 만나느냐에 따라서 장점이 단점이 될 수 있고,
단점이 장점이 될 수 있고, 그렇게 변하는 것이기에.
안 그래도 이별이 버거운 내게 원인이 나라고 하며
책망하지 않기를.

그 아이의 물음은 너무 따듯했다.
우리가 만나지 않은 시간 동안 나조차도 기억하지
못하는 부분을 계속해서 생각하고 있었다는 사실이
커다란 감동으로 다가왔다.
지금은 멀어진 사이이지만.
그 순간만큼은 내게 따스하게 남아 있다.

엄지손가락

"엄지손가락은 괜찮아?"

그 아이와는 서로 호감이 있었던 사이였다. 사정상
한 달 뒤에 만났을 때, 그 아이는 내게 그렇게 물었
다. 갑자기 웬 엄지손가락이지? 나는 의아해하다가
뒤이어 오는 말을 듣고 이해했다. 언젠가 통화에서
내가 요리를 하다 엄지손가락을 베었다고 칭얼댔던
것을 기억하고 있던 거였다. 나조차도 잊고 있을 정
도로 아주 작은 상처였고, 아물어서 흔적도 남지 않
았었다.

그 아이의 물음은 너무 따듯했다. 우리가 만나지 않
은 시간 동안 나조차도 기억하지 못하는 부분을 계속

해서 생각하고 있었다는 사실이 커다란 감동으로 다가왔다. 지금은 멀어진 사이이지만, 그 순간만큼은 내게 따스하게 남아 있다.

커다랗고 거창한 것들은 누구나 다 알 수 있지만, 사소하고 하찮은 것들은 마음을 두고 노력하지 않는다면 알 수 없다.

서로의 작고 사소한 부분에 마음을 두고
하나씩 기억하며 알아갈수록 마음이 열리고, 관계는
깊어간다.

'다 좋은데, 딱 한 가지만.'이라는 말에는 모순이 있다.
그 사람에게 단점이 하나만 있을 수 없다. 그 정도의
단점이라면 인연을 끊는 것이 당연하지만, 끊어내지
못하겠어서 내가 만들어낸 달콤한 말일 수 있다.

다 좋은데,
딱 한 가지만

누군가는 말한다. 다 좋은데, 딱 한 가지 단점이 있는 사람과의 관계가 고민이라고. 그렇다. 한 가지 단점으로 괴롭게 하는 사람이 있다. 대놓고 나쁘거나 나와 맞지 않은 사람보다 이런 사람이 더 힘들다. 점점 나를 피폐하게 하지만, 돌아설 수가 없다. 마치 말라가는 나에게 물 한 모금씩 주는 것 같다.

그런데, '다 좋은데, 딱 한 가지만.'이라는 말에는 모순이 있다. 그 사람에게 단점이 하나만 있을 수 없다. 그 정도의 단점이라면 인연을 끊는 것이 당연하지만, 끊어내지 못하겠어서 내가 만들어낸 달콤한 말일 수 있다. 어쩌면 계속 함께하기 위한 합리화인 것이다.

다 좋지 않다고 해도, 치명적인 단점이 없는 사람이 낫다. 당신은 그런 사람을 만나야 한다.

나와 관계를 맺는 사람들의 마음에도 그런 존재이고 싶다. 넓은 책장에 꽂혀서 어디에 두었는지 검색을 해봐야 알 수 있고 한 줄 설명하기도 어려운 것이 아니라, 찾지 않아도 눈에 밟히고 자신 있게 설명해줄 수 있는 사람.

서점

이제껏 중 가장 인상 깊었던 서점이 있다. 규모는 큰 편이었는데, 그에 비해 책의 수가 현저히 작았다. 서점 안의 모든 책이 표지가 보이게 전시되어 있었기 때문이다. 책 옆이나 아래에는 설명이 몇 줄 적혀 있었는데, 자신이 직접 읽어보고 추천해주고 싶은 마음이 가득 담겨 있었다. 또, 매대 위의 책은 베스트셀러 위주가 아니었다. 오히려 유명한 책임에도 그 서점에 없는 책이 많았다.

지극히 주관적인 서점이었다. 진심으로, 그곳에 놓여 있는 책이 부러웠다. 한 권의 책이 나오기까지 여러 사람의 손길과 수많은 과정이 필요한데, 그런 것들이 다 존중받는 느낌이 들었다. 내 책도 이 공간의 한 켠

에 놓이기를 바랐다. 그렇다면 그 아래에는 어떤 말
이 쓰일까.

나와 관계를 맺는 사람들의 마음에도 그런 존재이고
싶다. 넓은 책장에 꽂혀서 어디에 두었는지 검색을
해봐야 알 수 있고 한 줄 설명하기도 어려운 것이 아
니라, 찾지 않아도 눈에 밟히고 자신 있게 설명해줄
수 있는 사람.

이것은 내가 많은 사람을 사귀는 것보다
한 사람을 깊게 만나고 싶어 하는 이유이기도 하다.

누군가에게 별거 아닌 일이, 또 다른 누군가에게는
상처 주는 일이 되고 웃으며 한 말에 어떤 사람은
따갑게 찔리기도 한다.
차이를 이해하지 못하면 일방적으로 나의 사전을
들춰서 보여주며 다툼이 일어난다.

각자만의
사전

내 마음이 누군가에게 굴절되지 않고 일직선으로 전달되면 좋겠지만, 우리는 각자만의 방식으로 소통한다. 살아온 방식이나 가치관들로 자신만의 사전을 만드는 것이다. 나의 배려가 오히려 상대를 불편하게 만들기도 하고, 생각해서 한 말은 오지랖이 되기도 한다. 누군가에게 별거 아닌 일이, 또 다른 누군가에게는 상처 주는 일이 되고 웃으며 한 말에 어떤 사람은 따갑게 찔리기도 한다. 차이를 이해하지 못하면 일방적으로 나의 사전을 들춰서 보여주며 다툼이 일어난다. 나의 행동이나 말이 상대에게 다른 방향으로 전달되어 상대가 나를 오해하게 될 때, 당황스러움 뒤에는 서운함도 따라오기 때문이다.

사이가 깊어진다는 건, 그런 과정을 겪으면서 그 사람의 언어를 번역할 수 있게 되고, 점점 더 각자의 사전을 알아가는 것이 아닐까.

마음을 의심할 필요 없이

나에게만 하는 유일한 행동을 보여주고,

편안함 속에서도 행복을 주고,

이별에 대한 불안감을 생기게 하지 않고,

우리를 제외한 것들에 흔들리지 않고,

마음을 보여줄수록 사랑을 말하는

그런 사람.

어느새 보고 싶어지는 사람들이 생긴다. 어떻게 살고
있을까, 궁금해지고 함께 했던 시간, 나눴던 말의
온도, 그 따뜻했던 것들이 문득 떠오른다.
다가가기에는 이미 멀어졌는데.

관계의 끈은
질기다

나는 굉장히 폐쇄적인 사람이다. 웬만해서는 다른 사람에게 힘들거나 우울한 감정을 꺼내 보이지 않고, 밖으로 나가는 시간보다 집에 있는 시간이 더 많다. 예전에는 1주일 내내 밖에 나가서 친구들을 만났었는데. 언제부턴가 성향이 바뀌었다.

특히나 휴대폰 번호를 바꾼 뒤에는 잘 알지 못하는 사람이 내 번호를 알고 있는 것을 싫어한다. 두 번, 세 번, 인연이 이어지지 않을 것 같은 사람하고는 굳이 번호 교환을 하지 않으려고 한다. 내 소식을 보지 않았으면 하는 사람은 차단하고, 프로필 비공개를 한다. 새롭게 생긴 그 기능이 나에게는 정말 반갑다. 새로운 사람을 알아갈 때에 낯을 가리고, 불편한 사람이 있는 자리는 알아서 피하는 편이다. 참다못한 인연은 긴 시간을 함께했다고 해도, 끊어낸다. '과하다' 싶을 때도 있지만, 이런 성향을 바꿀 생각은 없다.

그런데, 어느새 보고 싶어지는 사람들이 생긴다. 어떻게 살고 있을까, 궁금해지고 함께 했던 시간, 나눴던 말의 온도, 그 따뜻했던 것들이 문득 떠오른다. 다가가기에는 이미 멀어졌는데. 실은 다가가지도 않을 테지만. 겉으로 봤을 때는 끊어낸 인연에 미련 없이 덤덤하게 살아가고 있는 것처럼 보이지만, 끊어낸 사람들이 사무칠 때가 있다. 아무렇지 않게 안부를 묻고 싶은 충동이 들면서.
그때마다 관계를 맺은 하나의 인연이 얼마나 질긴지에 대해서 생각한다.

인연의 끈을 비교했을 때 비교적 얇은 것이 있을 수는 있어도, 애초에 얇은 끈은 존재하지 않는 것 같다.

먼저 연락하지 않으면 만나지 않고, 그마저도 매번 더
중요한 것들에 미뤄질 때, 시간을 내서라도 봤었던
사이가 시간이 없다면 보지 못하는 사이로 변해갈 때,
그 친구는 시간과 함께 변해 가는데,
나만 과거에 붙잡혀 있는 것 기분이 든다.

생일
축하해

생일을 맞이할 때는 어김없이 의외의 사람에게 축하를 받는 일이 생긴다. 잊고 지내던, 아주 오랜만에 연락 온 친구이기도 하고 그다지 친하다고 생각하지 않은 사람이기도 하다. 그와 반대로 올 줄 알았던 사람에게 무소식인 일도 생긴다. 그럴 땐 서운한 마음이 들지만, 그렇다고 해서 그 사람에게 서운함을 토로하기도 민망한 일이다.

생일뿐만 아니다. 심적으로 가까운 사람에게 티 내지 못하는 서운한 마음이 생길 때가 있다. 내가 먼저 연락하지 않으면 만나지 않고, 그마저도 매번 더 중요한 것들에 미뤄질 때, 시간을 내서라도 봤었던 사이가 시간이 없다면 보지 못하는 사이로 변해갈 때. 그 친구는 시간과 함께 변해가는데, 나만 과거에 붙잡혀 있는 것 기분이 든다.

또 내게는 의외의 친구도 있다. 다른 지역에 살고 있다 보니 안 본 지도 오래됐고, 연락도 가끔 할 뿐인데 나를 묵묵히 응원해준다. 언젠가 그 친구가 서울에 왔을 때, 내게 연락을 해서 몇 년 만에 만난 적이 있다. 저녁을 먹은 뒤, 카페에 가서 자리를 잡고 음료와 케이크를 막 테이블에 내려놓았을 때, 친구는 기다렸다는 듯이 가방 안에서 나의 책을 꺼냈다. 친구가 내 책을 샀다는 것을 전혀 알지 못했었기에 깜짝 놀랐다. 친구는 사인을 받으려고 들고 왔다고 말했다. 짐이 많았을 텐데도 불구하고, 다른 지역에서부터 가방에 책을 넣어온 마음이 너무 고마웠다. 부끄러운 마음에 고맙다고 말은 못 하고, 더 예쁘게 사인을 하려고 노력했던 기억이 있다. 자주 보지는 못하지만, 그 친구는 내게 늘 감동을 준다.

인간관계가 참 뒤죽박죽이다. 남이 나를 얼마나 소중하게 생각하는지 알기가 이렇게 어렵다.

경험상, 어떤 사람이 나를 알아가기 전부터

이미 부정적으로 생각하고 그것이

나에게 티가 났다면 결국은 상처받는 일이 생겼고,

좋지 않은 관계로 종지부를 찍었다.

어쩌면 시작 전부터 이미 금이 나 있어

쉽게 부서진 것이 아닐까.

이제는 누군가가 나를 멋대로 판단하고,

다른 사람과 비교하거나 불확실한 마음으로

섣불리 다가온다면

깊은 인연을 맺고 싶지 않다.

한마디 말로도 그 사람의 온도를 알 수 있다.

차가운 온도로 주변 사람들에게

상처를 입히는 사람인지,

뜨거운 온도로 부담을 느끼게 하는 사람인지.

그래서 그 사람의 온도가 나에게 적절한지.

사소한 말이라고 생각해도,

듣는 상대는 다 알고 있다.

그러니, 단어와 단어 사이에 간격을 두고

'어떻게 더 좋은 말을 건넬지'와 같은

찰나의 고민이 담기길 바란다.

소중한 사람에게 더욱더 소중한 말들만

들려줄 수 있도록.

예상치 못한 상황, 수시로 바뀌는 주변 환경,
순식간에 터지는 묵혀뒀던 감정들로 누군가는
보내야 하고, 누군가는 끊어내야 하고, 누군가와는
서서히 멀어지곤 한다.

새해

1월 1일이 되면, 지인들과 '새해 복 많이 받아'와 같은 연락을 주고받는다. 고교 시절에는 친하게 지내는 친구들 모두와 장문의 메시지를 주고받았던 기억이 있다. 그래서 그 친구들이 아직도 내 곁에 있을까.

있는 친구도 있지만, 대부분의 친구는 1년에 한 번 볼까 말까 혹은 졸업 후로 보기 힘든 사이가 되었다. 한 번씩 SNS에 올라오는 사진을 보고 '좋아요'는 눌러도, 선뜻 댓글을 달게 되지는 않는다. 그저 잘살고 있구나, 라고 생각할 뿐. 한 해 동안, 그리고 그 한 해가 여러 번 쌓이는 시간 동안 관계를 변함없는 마음으로 유지하는 것이 힘든 일이라는 것을 깨달았다.

관계는 마음 이외에도 영향을 끼치는 것이 너무 많으니까. 예상치 못한 상황, 수시로 바뀌는 주변 환경, 순식간에 터지는 묵혀뒀던 감정들로 누군가는 보내야 하고, 누군가는 끊어내야 하고, 누군가와는 서서히 멀어지곤 한다. 둘의 일이지만, 둘만의 일이 아닌. 그래서 나는 멀어진 관계를 바라보며 더는 자책하지 않기로 했다.

앞으로도 타의로든, 자의로든 새롭게 누군가를 만날 것이고 누군가와는 또 멀어질 거라는 것을 안다.

어찌 됐건 지금 내가 가장 바라는 것은 곁에 있는 사람들과 무탈하게 잘 지내는 것이다.

나는 관계가 끝났다고 해서, 인연이 완전히 끝난 것은
아니라고 생각한다. 그 사람을 내 속에서 잘
흘려보내는 것도 중요하다고.

흘려보내기

워낙 미련이 많은 탓에 지나간 사람들에게 마음 한 켠 자리를 내어주며 살아간다. 부질없게도 혼자서 '그때 내가 다르게 행동했더라면'이라는 가정을 하고, 멋대로 '지금쯤 우리는 어딘가에서 함께 웃음 지으며 같은 시간을 보내고 있지 않을까.'라는 결과를 낸다. 언젠가는 끝날 사이였다는 걸 알면서도.

상대에게 미안한 마음도 꽤 오랫동안 남는다. 정작 그 사람은 기억하지 못할 만큼 사소하다고 해도, 왜 더 따스한 말을 건네지 못했는지. 더 웃음 짓지 못했 었는지. 그 상황이 생각나서 수시로 괴롭다. 단절된 사이지만, 그들은 여전히 내 속에 돌아다니고, 한번씩 나의 현재에 관여하면서 살아가고 있다.

나는 관계가 끝났다고 해서, 인연이 완전히 끝난 것
은 아니라고 생각한다. 그 사람을 내 속에서 잘 흘려
보내는 것도 중요하다고.

'그 시절에 당신이 존재해서 나는 반짝이는 순간들을
자주 만날 수 있었어. 행복했어, 이제는 잘 가.'

애정과는 무관하게, 앞에 있으면 괜히 작아지는
느낌이 든다던가, 내가 부족한 것 같아서 자책하게
되고, 그 사람의 이야기는 들어도 정작 내 속내를
털어놓기 망설여지는 사람. 그런 사람을 만나면 나를
미워하는 날들이 늘어났다.

나는 어떤 궤도를
따라갈까

여러 사람을 만나고, 다양한 상황에 부딪히다 보면 자아는 하나가 아니라 여러 개 존재한다는 걸 느낀다. 누군가에게는 먼저 다가가서 말을 걸고 이야기를 주도했는데, 누군가와는 몇 번을 만나도 말이 잘 나오지 않고, 어색한 맞장구만 반복한다. 누구와 어떤 궤도에 들어서냐에 따라 나는 다른 모습으로 변한다. 예전에는 관계에 있어서 상대에 대한 나의 애정을 측정하는 것이 가장 중요했는데, 이제는 누구를 만났을 때 자연스러운 내 모습이 나오는지가 중요한 척도가 되었다.

애정과는 무관하게, 앞에 있으면 괜히 작아지는 느낌이 든다거나, 내가 부족한 것 같아서 자책하게 되고,

그 사람의 이야기는 들어도 정작 내 속내를 털어놓기 망설여지는 사람. 그런 사람을 만나면 나를 미워하는 날들이 늘어났다.

유독 나와 잘 맞는 사람도 있다. 이제야 우리가 만난 것이 아쉬울 만큼. 취향과 가치관이 맞아떨어지고, 스스럼없이 속 이야기가 나오고, 아주 오래전부터 알던 사이처럼 편안해지는. 그런 사람을 만나면 콤플렉스가 있어서 숨기고 싶었던 부분에도 왠지 모를 자신감이 생겼다. 무엇보다 그런 내 모습이 너무 좋았다.

애정보다도 더 중요한 건 그 사람을 만날 때의 내 모습이 마음에 드는지다.

거짓말이 얼마나 무섭냐면,

그저 넘어가려 했던 것이 손 쓸 수 없이

불어나기도 하고, 천천히 차곡차곡 쌓아왔던 믿음을

한 번에 무너뜨리기도 한다.

거짓의
무게

습관적으로 늘 거짓말을 하는 사람은 나와 맞지 않다. 나는 인간관계에서 신뢰를 아주 중요하게 생각하는데, 그런 사람과는 믿음을 쌓아갈 수 없기 때문이다. 무엇보다 그 사람을 만나면 당시에는 잘 몰라도 돌아봤을 때 시간이 붕 떠 있는 듯한 느낌이 든다. 그 사람의 표정, 했던 말들, 함께 나눴을 거라 생각한 감정들이 모두 의심되기에.

거짓말이 얼마나 무섭냐면, 그저 넘어가려 했던 것이 손 쓸 수 없이 불어나기도 하고, 천천히 차곡차곡 쌓아왔던 믿음을 한 번에 무너뜨리기도 한다. 그때 무너진 믿음은 다시 쌓아 올리기 힘들뿐더러, 쌓아 올린다고 해도 이가 빠져 있고 군데군데 홈집이 나 있다. 무엇보다 하나의 거짓말은 다른 거짓말을 불러오기 마련이어서 거짓말을 시작한 사람은 끊을 수가 없다.

애초에 거짓의 무게에 눌리지 않도록 진실을 말하려 노력하고, 또 내게 그렇게 해주는 사람이 좋다. 그 속에서 생겨나는 믿음은 인연을 이어나가는 길이 되었다.

우리는 다 감각으로 알고 있다. 어떤 관계는
비정상적으로 흘러가고 있다는 것을. 아니라는 것을
누구보다도 잘 알지만, 감정이 자꾸만 발목을
붙잡아 도저히 끊어낼 수 없다.

끊어내야
할 때

우리는 다 감각으로 알고 있다. 어떤 관계는 비정상적으로 흘러가고 있다는 것을. 아니라는 것을 누구보다도 잘 알지만, 감정이 자꾸만 발목을 붙잡아 도저히 끊어낼 수 없다. 이미 상처로 덕지덕지 칠해진 지는 오래다. 관계는 두 사람이 하는 것인 만큼, 양방으로 이루어져야 한다. 일방적인 것이 아니라.

나만 잡고 있는 관계라면, 내가 놓아야 한다. 그래야 끝날 수 있다. 나는 계속 잡고 있고 그 사람은 놓았다가, 언제든지 다시 잡으러 오게끔 관계를 내버려 두면 안 된다.

그건 악순환의 연결고리가 될 수 있다.

생각해보면, 그만둬야 할 시기를

놓쳐버린 관계가 많았다.

한 번 힘들게 했던 사람은 점점 더 큰 것을 가져와

나를 무너뜨리기 일쑤였지만, 내가 끊어낼 수 있는

한계를 넘어선 뒤여서 어떻게 손 쓸 수가 없었다.

끝나야 할 때 끝나지 못했던 것들은 발목을 잡고,

더 힘들게 하다가 결국은 어떻게든 끝이 난다는 걸.

외면하고 발버둥쳐도 끝의 연장선일 뿐이라는 걸.

그때는 왜 몰랐을까.

참 밉게도 다 지나간 후에야 이해되기 시작하는 것들이 있다. 그때 그 사람이 왜 그런 말을 했는지, 왜 그렇게 행동할 수밖에 없었는지. 무엇보다 내가 했던 행동은 그 사람에게서 한 발 뒤로 가는 거였다는 것. 우리가 함께하고 있을 때 진작 알았더라면 좋았을 것들. 결국은 그런 것들이 결여됐었기에 끝이 난 거겠지만. 그런데, 애초에 미련이 자꾸 이해하게 만드는 건 아닐까. 끝날 만했던 게 맞는 건데.

3부

어른이 된다는 건

햇빛이 닿는 곳마다 아름답지 않은 곳이 없었다. 과하게 내리쬐어 곤혹스럽기도 하지만, 그만큼 물체들을 빛내주고 제 색을 다 보여줄 수 있게 해준다. 그래서인지 나 또한 빛을 받아 뚜렷해짐을 느꼈다.

뚜벅이
제주도 여행

학창시절 수학여행 이후 처음으로 제주도에 다녀왔다. 여름의 시작점이었고, 내게는 면허가 없었다.

제주도가 차 없이는 다니기 힘든 곳인 것은 맞다. 버스 정류장이 대개 동선에서 멀리 떨어져 있었고, 배차 간격도 20분에서 30분 정도이기에 차가 있다면 훨씬 편안한 여행을 할 수 있다. 하지만 나는 15분을 걷고 20분을 기다려야 버스를 탈 수 있는 수고에도 걷는 순간들이 참 좋았다. 선탠이 되어 있는 유리창 너머가 아닌 내 눈으로 돌의 구멍, 풀밭, 하늘, 구름 등을 마음껏 바라보고, 일직선을 그리며 빠르게 사라지는 풍경을 보기보다 내 걸음대로 출렁이는 풍경이 좋았다. 면허를 딴 뒤에 갈까, 고민했던 시간을 무색하게 만들었다.

무엇보다 제주도의 햇빛을 온전하게 맞을 수 있다는 것이 좋았다. 햇빛이 닿는 곳마다 아름답지 않은 곳이 없었다. 과하게 내리쬐어 곤혹스럽기도 하지만, 그만큼 물체들을 빛내주고 제 색을 다 보여줄 수 있게 해준다. 그래서인지 나 또한 빛을 받아 뚜렷해짐을 느꼈다. 색채가 있는 선명한 사람이 되는 것처럼. 그곳에선 희미한 윤곽으로 허우적대는 것이 아닌 나 자체가 걸어 다니는 기분이 들었다.

목적지로 가기 전에 가장 빨리 갈 수 있는 경로를 탐색하고, 가끔은 신호등을 기다리는 것도 길게 느껴지는, 요즘 날들에 느리고 찬찬히 주위를 둘러보고, 여유를 가질 수 있었던 제주도의 시간은 지금도 내게 소중하게 남아 있다.

기회가 된다면 제주도를 한 번 더 다녀오고 싶다.
두 발로 걸어 다니며.

삶을 살아가다가도 형광펜으로 칠하고 싶은 순간을
만난다. 그런 날이 올 때면 바나나 향이 나는 샛노란
형광펜으로 밑줄을 쫙 긋고 싶다. 앞으로 무슨 일이
와도 절대 잊지 말자고.

형광펜

학창시절 나의 필통 안에는 형형색색의 형광펜들이 자리하고 있었다. 요새는 형광펜이라는 말이 무색할 정도로 탁한 색을 쓰지만, 예전에는 눈이 아플 정도로 밝은 형광펜을 좋아했다. 샛노란 형광펜에서는 바나나 향이 났고, 파란 형광펜에는 무언가 시원한 향이, 분홍 형광펜엔 딸기 향 같은 것이 났다. 그 향들은 달큰하고도 지독했다.

종이 위에 형광펜을 칠하면 그 부분이 얼룩덜룩하게 튀어나오는데, 그걸 보면 내가 함부로 어떤 부분을 특별하게 만들 수 있는 것 같아 묘한 설렘을 느꼈다. 별다를 것 없는 검은 글씨에 생기를 불어 넣어주는 것 같달까. 그것도 내가 꼭 기억해야 하거나, 사랑하는 문장에. 어딘가에 그 문장들이 모여 내게 고마워하고 있을지도 모를 일이다.

삶을 살아가다가도 형광펜으로 칠하고 싶은 순간을 만난다. 그런 날이 올 때면 바나나 향이 나는 샛노란 형광펜으로 밑줄을 쫙 긋고 싶다. 앞으로 무슨 일이 와도 절대 잊지 말자고. 꽤 긴 시간이 지난 후에도 그곳에 있어달라고.

언젠간 기억의 페이지를 넘겨볼 때,
쨍하게 칠해진, 바나나 향이 희미하게 남아 있는,
함부로 특별하게 만든 부분을 만나고 싶다.

어느덧 행복한 하루의 마무리는 어둑어둑해진 방 안에 작은 스탠드를 켜고, 시원한 맥주 한 캔에 과자나 젤리를 먹으며 밀린 예능이나 영화 한 편을 보는 것이 되었다.

어른이
된다는 건

서울을 좋아하지만, 타지 생활은 버거웠다. 평소에
외로움을 잘 타지 않고 독립적인 성향이 강한 나였는
데, 하루에 한마디도 하지 않을 때가 생기다 보니 수
많은 사람을 만나도 마치 무인도에 있는 것처럼 철저
한 외로움을 느꼈다.

나는 점점 변해갔다. 예를 들면, 마트에서 일하는 아
주머니가 말을 걸면 이 순간을 기다린 사람처럼 물어
보지도 않은 내 이야기까지 늘어놓았다. 말을 하면서
도 내 모습에 얼마나 당황스럽던지. 낯을 가리는 편
인데, 예전 같으면 상상도 못할 일이었다.

'혼밥'도 처음 해봤다. 살다 보니 자연스럽게 집 근처
단골집도 생겼는데 한식, 일식, 중식 그리고 분식까

지 파는 곳이었다. 그곳에 가면 무조건 한식을 먹었다. 김치찌개, 된장찌개 같은 것들. 예전에는 거의 사 먹지 않았던 음식이었다. 처음에는 혼자라는 생각에 재빨리 먹고 나가기도 했고, 둘 이상 온 다른 사람들이 신경 쓰이기도 했다. 시간이 지나니 다른 반찬까지 가져오며 여유롭게 먹었고, 혼자 먹는 많은 사람이 더 눈에 들어왔다. 다 저마다의 사정을 갖고 있겠지 하며.

집에서 '혼술'도 자주 했다. 선천적으로 술이 몸에 받지를 않아서 본가에 있을 때는 굳이 하지 않던 일이었다. 어느덧 행복한 하루의 마무리는 어둑어둑해진 방 안에 작은 스탠드를 켜고, 시원한 맥주 한 캔에 과자나 젤리를 먹으며 밀린 예능이나 영화 한 편을 보는 것이 되었다. 그때 나는 느꼈다.

어른이 된다는 건,
더 세상에 내몰리고 그 간격만큼 외로워지는 것이라는 걸. 그리고 그럼에도 꿋꿋이 견디고 나아가야 한다는 것을.

마음이 가는 대로 충동적인 행동을 많이 했었다.
자기 합리화를 하며 괜찮은 척했지만, 후회하지
않았던 적이 없다. 가장 고통스러웠던 건, 정신을
차리고 보니 이해할 수 없는 감정인데 그로 인해
더 이해할 수 없는 행동을 저질렀다는 사실이었다.

당장의 감정에
속지 않을 것

나는 굉장히 감정적인 사람이다. 예전에는 마음이 가는 대로 충동적인 행동을 많이 했었다. 자기 합리화를 하며 괜찮은 척했지만, 후회하지 않았던 적이 없다. 가장 고통스러웠던 건, 정신을 차리고 보니 이해할 수 없는 감정인데 그로 인해 더 이해할 수 없는 행동을 저질렀다는 사실이었다.

이제는 노하우가 생겼다. 갑자기 느껴지는 감정이라면, 의심부터 한다. 그 감정은 강렬하지만, 일시적이고 변할 확률이 높기 때문이다. 지금 느끼는 감정이 언제든지 바뀔 수 있다고 생각하면서 동요하지 않기 위해 노력한다. 또, 어떤 문제가 생겼을 때 성급하게 결정하지 않는다. 시간을 갖고 생각한다면 전보다 이

성적으로 생각할 수 있다.

감정이 하자는 대로 저지르고 나서 감당해야 하는 사람은 나다. 주변 사람에게 상처를 줄 수도 있다.

혹시 감정이 자신을 지배해서 고통 받는 사람이 있다면, 이겨낼 수 있기를 바란다.

한번 감정을 참는 것이 힘들지, 한번 참는다면 앞으로도 충분히 해낼 수 있으니까.

신발을 통해 울퉁불퉁한 표면이 그대로 발에 전달될 때면, 여기에 몸이 쓸리기라도 한다면 얼마나 아플까, 라는 생각이 먼저 든다. 겉으로 봐서는 아무도 모르겠지만 나는 발끝에 온 신경을 집중시킨 채 아주 조심히 계단을 내려간다.

묻힌 말

계단 공포증이 있다. 계단을 내려갈 때마다 모서리 부분이 뾰족하게 솟아올라 나를 덮칠 것만 같은 기분이 든다. 내려가는 몇십 초 동안 미끄러지거나 다리에 힘이 풀려서 모서리에 머리를 박아버리는 것을 상상한다. 어떨 때는 너무 긴장되는 나머지 내려갈 때까지 숨을 꾹 참게 된다. 특히 높은 구두를 신고 있을 때 구두 굽이 계단에 닿아서 탁, 탁 소리가 나는 것과 동시에 발에 진동이 느껴지면 그 파장이 점점 커져서 발을 헛디딜 것만 같다.

마구잡이로 박혀 있는 돌계단은 고작 다섯 계단이어도 두렵다. 신발을 통해 울퉁불퉁한 표면이 그대로 발에 전달될 때면, 여기에 몸이 쓸리기라도 한다면

얼마나 아플까, 라는 생각이 먼저 든다. 겉으로 봐서
는 아무도 모르겠지만 나는 발끝에 온 신경을 집중
시킨 채 아주 조심히 계단을 내려간다.

나는 한 번도 이런 생각을 누군가에게 말한 적이 없
다. 처음 계단 내려가는 법을 가르쳐준 부모님에게
나, 나와 수천 번은 함께 계단을 내려왔을 소꿉친구
나, 손을 잡고 내려온 남자친구에게도.

그런 사소함으로 가까운 사람에게 묻힌 말들이 얼마
나 많은지.

내가 침묵하는 순간 다른 사람들은 알지 못한다.

한 번 참으면 두 번, 세 번, 계속 참아야 하고 어느 날

나도 모르게 폭발해버렸을 때, 상대의 눈에는 처음과

다르게 변한 사람으로 보인다는 걸 깨달았다.

나로서는 더 이상은 참을 수 없던 것들이

터진 거였는데.

내뱉지 못한 말들

깊은 관계의 사람이든 처음 보는 사람이든 불편한 감정이 들어도 말을 잘 하지 않는 탓에 마음속에 묻어두는 말이 많다. 성격 때문도 있지만, 조금만 참으면 될 일을 굳이 이야기해서 서로 껄끄러울 필요 있을까? 라는 생각이 가장 크게 자리했다. 말은 계속해서 내 안에 쌓여갔고, 내뱉지 못한 말들 때문에 속이 시끄럽고 답답해서 늘 괴로웠다.

이제는 바라보는 관점이 바뀌게 됐는데, 무조건 참는 것보다 내 생각을 먼저 할 필요가 있다는 것이다. 나는 있는 힘껏 참으며 이야기하지 않고 있지만, 내가 침묵하는 순간 다른 사람들은 알지 못한다. 한 번 참으면 두 번, 세 번, 계속 참아야 하고 어느 날 나도 모르게 폭발해버렸을 때, 상대의 눈에는 처음과 다르게 변한 사람으로 보인다는 걸 깨달았다. 나로서는 더 이상은 참을 수 없던 것들이 터진 거였는데.

아직도 누군가에게 내 의견을 완벽하게 말하며 생각을 전달하는 것은 어렵지만, 이제 나는 심호흡을 한 번 하고 미리 할 말을 생각해서라도 다 말하려고 노력한다.

후련한 것은 물론이고, 내가 생각했던 것만큼 최악의 일도 일어나지 않는다.
내뱉으면 별거 아닌 말들을 더 이상 마음에 담아두고 싶지 않다.

겨우 시작을 해도, 끝날 수 있는 가정을 수없이
생각하며 상대를 경계하고, 마음을 다 주지 않기 위해
노력했다. 지금은 안다. 나의 소극적인 행동과
일방적인 의심으로 상대가 얼마나 상처를 받았을지.

후회는
늘 늦었다

굉장히 겁쟁이였던 날들이 있다. 새로운 누군가를 알아가는 것과 서로의 다른 모습에 부딪혀 다투게 되는 과정과 맞춰나갔음에도 결국은 끝나게 되는 사이가 허무하고 두려워서, 시작이 늘 버거웠다. 겨우 시작을 해도, 끝날 수 있는 가정을 수없이 생각하며 상대를 경계하고, 마음을 다 주지 않기 위해 노력했다. 지금은 안다. 나의 소극적인 행동과 일방적인 의심으로 상대가 얼마나 상처를 받았을지. 그 사람은 나를 기다리는 동안에 지칠 수밖에 없었을 것이다.

이제는 인연을 맺은 사람에게 매 순간 최선을 다하려고 노력한다.

끝이 나는 것보다 무서운 건, 그 순간 최선을 다하지 않았던 나 자신을 되돌아보는 거였기에.

이제 내가 가장 좋아하는 것은 그저 바라보는 것이다.
특히 밤바다를 말이다. 달빛이나 가로등 빛에
반짝이는 물결이 얼마나 아름답게 일렁이는지.
우르르 몰려오다 부서지고, 다시 물러가는 파도를
보고 있으면 마음속의 짐이 함께 휩쓸려 가는 느낌이
든다.

바다

언젠가는 꼭 바다에 대한 글을 쓰고 싶었다. 내가 얼마나 바다를 애정하는지에 대해.

고향이 부산이다. 마음만 먹으면 실컷 바다를 볼 수 있는 곳에 살았는데도 나는 바다가 좋다. 단 한 번도 권태를 느낀 적이 없다. 바다에는 어린 시절부터의 추억이 겹겹이 쌓여 있다. 7살 때 가족끼리 갔다가 태풍을 만나 큰일 날 뻔했던 것이나, 학창시절에 교복을 입고 친구들과 바닷가에서 놀았던 것이나, 고3 때 집에 가다 말고 바닷가로 향해서 많은 사람 틈 속에서 혼자 바다를 바라봤던 것이나, 새벽에 몰래 나와서 즉흥적으로 친구와 바다를 보러 갔던 것이나,

모래사장에 앉아서 모래가 옷 안으로 들어가는 것을 신경 쓰지 않고 맥주 한 캔을 마시던 것까지. 해수욕을 한 지는 오래되었다. 이제 내가 가장 좋아하는 것은 그저 바라보는 것이다. 특히 밤바다를 말이다. 달빛이나 가로등 빛에 반짝이는 물결이 얼마나 아름답게 일렁이는지. 우르르 몰려오다 부서지고, 다시 물러가는 파도를 보고 있으면 마음속의 짐이 함께 휩쓸려 가는 느낌이 든다. 다른 지역, 다른 나라의 바다를 봐도 늘 한 켠에는 고향의 바다가 있다.

모두에게 그런 것이 있겠지.
여러 기억이 축적되어 늘 마음속에 품고 있는, 간간이 생각나서 날 토닥여주는 것.
그 자체로도 삶을 살아가는 데에 큰 힘이 되는 것 같다. 또 바다가 보고 싶다.

그전까지는 또래의 사람들만 나의 글을 읽을 거라고 생각했다. 부모님의 지인분들이 잘 읽었다는 말을 전해와도, 예의상일 거라고 생각하며 책을 다 읽었을 거로 생각하지 않았다. 스스로 글의 영역을 정해놓고 가둔 것이다. 영역 밖의 일은 거짓이라 믿으면서.

편견

『실은 괜찮지 않았던 날들』을 잘 읽고 있다는 메일을 받은 적이 있다. 이 메일은 내게 이제껏 받은 가장 인상 깊었던 메시지 중 하나로 남아 있다. 자신의 이야기 전부를 쓴 것 같고, 전작도 주문했으며, 한 편 읽고 노트에 쓰는 것을 반복하고 있다며 사진까지 첨부해주셨는데, 그분은 50대 남성분이었다.

그전까지는 또래의 사람들만 나의 글을 읽을 거라고 생각했다. 부모님의 지인분들이 잘 읽었다는 말을 전해와도, 예의상일 거라고 생각하며 책을 다 읽었을 거로 생각하지 않았다. 스스로 글의 영역을 정해놓고 가둔 것이다. 영역 밖의 일은 거짓이라 믿으면서. 내가 만들어낸 '어린 작가'에 대한 열등감의 결과일지도 모른다. 그 메일을 받은 후에는 내 생각이 잘못됐다는 것을 깨달았다. 글에는 영역이 없었다. 나 스스로 영역을 만들었을 뿐. 이제 나는 그 사실을 인지하며 글을 쓴다. 신기하면서도 감사한 일이다. 겉으로는 아무런 공통분모가 없는 당신과 내가, 이렇게 접점에서 만나서 다독여줄 수 있다는 것이.

그분이 이 페이지도 읽고 계실까.
밑줄을 쫙쫙 긋고, 노트에 옮겨 적으면서.
부디 이번에도 닿기를, 조심스레 바라본다.

어떤 노래는 지나간 기억 속 한 장면을 불러일으킨다.
마치 그 순간이 노래의 음에 박제된 것처럼. 누군가에
게는 그저 좋은 노래일 뿐이어도, 나에게는 그 자체로
특별한 의미를 가지는 것이다.

기억 속의
노래

부모님과 〈맘마미아2〉라는 영화를 관람한 적이 있다. 나는 재관람하는 것이었다. 평소에 스케일이 큰 외국 액션 영화를 좋아하시던 아버지께서 재밌게 보시는 모습이 의외였다. 후에 들어보니, 아버지는 학창시절에 〈맘마미아2〉 OST 원곡 가수 아바(ABBA)의 열렬한 팬이었다고 하셨다. 테이프가 늘어질 때까지 들었을 정도로. 실제로 아버지는 영화에 나오는 아바의 모든 노래를 알고 계셨다. 아버지는 영화가 끝나고 나서도 꽤 긴 시간 동안 그 시절에 머물러 계신 것처럼 보였다. 나도 이 영화가 좋아서 두 번 관람하는 것이었지만, 아버지께 더 의미 있는 영화라는 사실을 부정할 수 없다.

어떤 노래는 지나간 기억 속 한 장면을 불러일으킨다. 마치 그 순간이 노래의 음에 박제된 것처럼. 누군가에게는 그저 좋은 노래일 뿐이어도, 나에게는 그 자체로 특별한 의미를 가지는 것이다.

내게도 지나간 노래가 여럿 있다. 무너질 것 같은 마음을 다잡게 해주던, 여행의 경치와 어울렸던, 좋아했던 드라마 OST, 옛 연인이 즐겨 들었던, 이별했을 때 마치 내 마음과 같았던 노래들. 일부러 찾아 들었던 날들을 지나서, 랜덤 재생으로 예상치 못한 순간에 이어폰으로 흘러나올 때나 길을 걷다 우연히 듣게 될 때는, 눈앞에 그때가 생생히 보이는 듯하다.

그래도 그 시절, 참 행복했는데.

돌아갈 수 없는 날들은 괜히 더 눈부시다.

어쩌면 여행지에서 드러나는 내 모습이 진짜 '나'가
아닐까, 라는 생각이 들었다. 타인의 시선에 구애받지
않고, 길게 고민하지 않고, 이것저것 신경 쓰지
않았을 때 나타난, 진짜 내 모습 말이다.
여행을 간다는 건, 본연의 나를 만나게 되는 과정인
듯하다.

여행지에서의
나

다른 나라로 여행을 떠나서 일상과 다른 새로운 풍경 속의 일부가 되어서 구석구석 돌아다닐 때면, 내가 아닌 나와 똑 닮은 도플갱어가 된 기분이 든다. 한국에서는 원래의 내가 해야 할 것들을 하며 하루를 보내고 있을 것 같달까. 그만큼 한국에서의 나와, 타국에서의 나는 다르다. 키가 작아 보여서, 뚱뚱해 보여서 등 이런저런 이유로 입지 않았던 옷들을 고민 없이 입으며 사람들 틈에 섞여 아무 곳에나 앉아 있기도 한다. 처음 보는 타국의 사람에게 말을 걸 용기도 생긴다. 무엇을 사거나, 먹거나, 어디를 가야 할 때도 큰 고민을 하지 않는다. 그냥 하고 싶으면 하고, 아니면 마는 것이다.

어쩌면 여행지에서 드러나는 내 모습이 진짜 '나'가 아닐까, 라는 생각이 들었다. 타인의 시선에 구애받지 않고, 길게 고민하지 않고, 이것저것 신경 쓰지 않았을 때 나타난, 진짜 내 모습 말이다. 여행을 간다는 건, 본연의 나를 만나게 되는 과정인 듯하다.

언제, 어디에서나 자유로울 수 있었으면 좋겠다.
눈치 보지 않고, 기죽지 않고.
마치 여행지에서의 나처럼.

내게는 과거의 연애가 지침서였다. 상대의 말과
행동을 그것으로 분석했다. 상대가 진심을 말해도,
내게 진심이 전달되어도 선을 그었다. 과거의 경험이
정답이었으니까. 그것이 다였으니까. 그때 나와
맺어지지 않았던 사람들. 당신들 나와 연애하지
않았어서 다행이다.

의심을 당하는 사람도
상처다

'의심하는 사람도, 당하는 사람도 상처다.'

우연히 책에서 이 말을 봤을 때, 적잖은 충격을 받았었다. 이제껏 나는 실패, 정말 대실패했던 이전의 연애와 그때의 상처로 커다란 벽을 만들어서 누구를 만나도 의심부터 했었기에. 내 마음이 괴로운 것만 생각했지, 상대에게 상처가 될 수도 있다는 것을 미처 생각하지 못했었다.

내게는 과거의 연애가 지침서였다. 상대의 말과 행동을 그것으로 분석했다. 상대가 진심을 말해도, 내게 진심이 전달되어도 선을 그었다. 과거의 경험이 정답이었으니까. 그것이 다였으니까. 그때 나와 맺어지지 않았던 사람들. 당신들 나와 연애하지 않아서 다행이다. 그리고 그럼에도 나를 이끌어준 한 사람. 모진 의심을 감싸준 사람. 전 연애의 흔적을 깔끔하게 치워주고 그 자리에 꽃까지 피워준 당신에게는 두고두고 감사할 거다.

새로운 사람과의 만남이 이전과 같을 확률은 0에 가깝고, 내가 상처받았던 것은 과거의 사람이지, 지금 내 앞에 있는 사람이 아니다.
그것을 이제는 안다.

주목을 받는 것보다 어려운 것은 그 자리를 유지하고
있는 것이라는 생각이 든다. 그러기 위해서는 남들이
알지 못하는, 굳이 알려고 하지 않는 수많은 노력들이
필요할 것이다. 외로움도 같이 오겠지.

유지하는
것

한 동네에 20년 이상을 살았다. 이제 동네를 바라보면, 여전히 그 자리에 있는 곳보다 변한 곳들이 훨씬 더 많다. 초등학생 시절 매일 들렀던 문방구는 인테리어 가게로, 학교 마치고 사 먹었던 꼬지 가게는 제과점으로, 우동 가게는 유기농 상품을 판매하는 상점으로, 만화책과 비디오 대여점은 학원으로, 분식점은 프랜차이즈 카페로 바뀌었다. 그 당시에는 사람들이 북적이고, 몇몇 곳은 줄을 서야 할 정도로 인기가 많았었는데, 소리 소문 없이 사라졌다. 꿋꿋하게 그 자리를 지키는 곳은 이제 두어 개 남아 있다. 나로서는 어릴 적 추억을 담고 있는 그곳들이 그대로 있어서 고마울 따름이다.

주목을 받는 것보다 어려운 것은 그 자리를 유지하고 있는 것이라는 생각이 든다. 그러기 위해서는 남들이 알지 못하는, 굳이 알려고 하지 않는 수많은 노력들이 필요할 것이다. 외로움도 같이 오겠지.

나도 종종 내 글의 한계에 대해서 생각한다. SNS를 통해 인기를 얻고, 이렇게 세 번째 책까지 낼 수 있게 되었지만 평생은 가지 않을 거라는 생각. 나는 글 쓰는 일을 진심으로 사랑하게 되었고, 평생을 함께하고 싶었다. 그러자, 글쓰기를 구체적이고, 체계적으로 배우고 싶은 욕구가 생겨났다. 나는 학교에 다시 들어가기로 했다. 경영학과를 그만두고 문예창작학과로.

주변 친구들은 취업을 준비하고 있는 나이였지만, 나는 입시 공부를 시작했다. 산문 혹은 운문을 써야 해서 기존에 내가 쓰던 에세이 형식의 글과는 매우 달랐다. 마치 처음으로 글을 쓰는 느낌이었다. 감정의 디테일보다 장면을 생생하게 그려낼 수 있는 묘사력이 중요했다. 예전에는 떠오르는 감정을 메모했다면, 이제는 사물의 디테일을 표현할 수 있는 문장도 함께 적어둔다. 나는 산문을 택했고, 처음으로 인물과 이야기를 만들어가면서 글을 썼다. 사물을 바라보았을 때, 떠오를 수 있는 흔한 생각들을 지우기 위해서도 노력했다. 지난해, 두 번의 불합격 끝에 이번 연도에 드디어 합격이라는 단어를 보았다.

나는 알지 못한다. 학교에 다시 가는 것이 정말 내 글의 수명을 늘려주는 것인지. 끊어질지도 모를 일이다. 어찌 됐건 나는 이 길을 계속해서 걷고 싶었고, 그러기 위해서 내가 해야 한다고 생각하는 부분을 위해 노력했다. 이 과정이 반복되다 보면, 수십 년이 지나도 그 자리에 있는 가게처럼 나도 이 길 위에 계속 서 있을 수 있지 않을까.

나의 독자들이 점점 나이를 먹으면서 몇 번의 연애와 쓰라린 이별을 더 겪고, 인간관계와 삶에 치이다가도 웃음 짓는 나날들을 반복할 때에 나 또한 더 많은 세상을 만나며 이곳에서 꾸준히 글을 쓰고 있겠다.

그때도 당신에게 읽히며
힘이 될 수 있기를 바란다.

그 순간을 사진처럼 찍어서 두고두고 꺼내 보고 있다.
그 풍경에 내가 일부가 될 수 있다는 것. 마음껏
사진 찍을 수 있다는 것. 차를 타고 가다가 아름다운
곳이 보이면 내리는 것. 그날의 노래들까지.

따뜻한
사람들

호주로 여행을 가게 되었다. 잠깐 멜버른에 살고 있는 친언니의 영향이 컸다. 이 여행은 이제껏 중 가장 특별한 여행이었다. 혼자서 떠난 것이었고, 가장 오랜 시간을 머물렀으며, 처음으로 하루가 걸릴 정도로 먼 나라를 다녀온 것도 있지만 무엇보다 호주에 살고 있는 사람들을 많이 만난 것이 크다. 언니 덕에 나는 그 사람들의 친절을 한 몸에 받았다. 그렇다고 해도, 처음 만나게 되는 누군가가 무상으로 이렇게나 잘해 줄 수 있었을까. 돌아와서 생각해도 참 감동이다.

'밀라드'는 이란 사람이었다. 그는 일까지 빼고 외곽으로 드라이브를 시켜줬다. 덕분에 나는 차가 없었다면 절대 보지 못했을, 대자연을 보고 왔다. 아무렇지 않게 젖소와 양이 살고 있고, 나무는 어떤 것에 구애받지 않은 듯 울창하게 자라 있고, 바다는 아주 넓어서 보통 파도보다 천천히 파도가 쳤다. 풍경은 한눈에 담을 수 없을 정도로, 커다래서 순식간에 압도되었다.

그는 우리를 위해 캠핑 음식으로 점심을 준비해왔다. 혼자서 장을 보고, 직접 고기를 재우고, 숯과 나무박스, 쇠꼬챙이 등 각종 캠핑 도구와 과자, 젤리, 콜라, 물 등 간식과 음료까지 챙겼던 거다. 드라이브만으로도 고마웠는데.

그에게는 캠핑이 익숙한 듯 보였으나 나는 처음으로 숲속에서 캠핑을 해봤다. 중간에 비가 내려서 불이 잘 붙지 않고, 테이블 위의 음식은 젖어가고 우여곡절이 많았지만, 그 순간을 사진처럼 찍어서 두고두고 꺼내 보고 있다. 그 풍경에 내가 일부가 될 수 있다는 것. 마음껏 사진 찍을 수 있다는 것. 차를 타고 가다가 아름다운 곳이 보이면 내리는 것. 그날의 노래들까지. 그의 친절함과 어울려서 나는 세세하게 기억하고 있다.

집으로 초대해준 부부도 있었다. 남편은 교환학생으로 한국의 대학교를 다녔어서 한국에 애정이 있고, 한국말을 잘 하시는 분이었다. 한국말을 하는 외국인이 얼마나 반갑던지.

누군가를 집으로 초대한다는 것은 눈에 보이는 것 외에 손이 많이 가고 그만큼 신경 쓰게 되는 일이라는 것을 잘 알고 있었기에 초대받을 수 있어서 영광이었다. 집은 주택이어서 내가 살고 있는 집과는 다른 느낌이었다. 작은 정원에는 허브, 당근, 사과나무 등이 심어져 있었고, 창문으로 훤히 보였다. 영화에서만 보던 벽난로도 있었다. 벽난로 위에는 그들의 결혼사진과 아기자기한 인형, 액자에 든 그림이 놓여 있었다. 다른 나라의 가정집을 본다는 것은 관광지를 구경하는 것과는 또 다른 큰 즐거움이었다. 식사를 마치고, 처음 보는 보드게임을 했다. 평소에 낯을 가리는 편이고, 그들과 나이 차이도 꽤 났는데, 즐겁게 이야기하면서 놀 수 있어서 행복했다.

가끔 인생에서 만나는 이런 사람들은
그 시간을 아주 따스하게 데워준다.
그들이 있기에, 나는 또 누군가와 관계를 맺으며 살
아간다.

집에 돌아오는 길에 우리는 예정에 없던 산책을 했다.

오늘 미용실의 서비스와 머리 스타일에 대해

이야기를 나누면서. 나의 제안으로 아버지에게

새로운 경험과 즐거움을 드린 것 같아서 내내 뿌듯한

마음이 들었다.

블루클럽

아버지는 주기적으로 블루클럽에서 이발하고 오신다. 나는 그때마다 한마디씩 덧붙였는데, 옆머리는 두피가 훤히 다 보일 만큼 짧게 잘라서 허옇고, 그와 반대로 윗머리는 거의 자르지 않아서 머리가 마치 파인애플처럼 되는 것이 마음에 들지 않았기 때문이었다.

블루클럽을 비하하려는 의도는 전혀 없다. 그저 딸 입장에서 아버지도 엄마와 언니, 나처럼 미용실에 가서 조금 더 어울리는 머리를 찾으셨으면 하는 바람이었다. 나는 아버지께 다음 번에 머리 잘라야 할 때, 내가 가는 미용실에 같이 가자고 했다. 아버지를 설득하는 데에는 꽤 시간이 걸렸다. 첫 번째로 아버지는 머리 스타일에 애정이 없었고, 두 번째로는 그런

곳에 나 같이 나이 든 아저씨가 오겠냐며 꺼리셨다. 그 말은 내게 좀 아프게 들렸다. 뭐 어때서. 아빠 또래 사람들도 얼마나 많이 오는데! 하며 나는 결국 아버지를 설득하는 데 성공했다. 미용실 가기 전날에 나는 아버지께 남자 머리 사진을 몇 장 보여드리며 아빠, 이 머리는 어때요? 저 머리는 어때요? 하며 물어봤었다. 아버지는 제대로 쳐다보시지 않고, 별말 안 하시다가 마음에 안 들면 저건 아니다, 아까 그 원빈 사진, 그 머리 좋네, 라고 괜히 큰 소리로 말씀하셨다.

커트를 시작하기 전에 머리 스타일에 대해 이야기를 하고, 머리를 자르고, 감고, 두피 마사지를 하고, 말리고, 한 번 더 자르고, 마지막으로 스타일링을 해주는 것. 아버지에게는 생소한 순서였지만, 그렇다고 해서 불편해 보이지는 않으셨다. 미용사는 마지막에 포마드 머리처럼 아버지의 앞머리를 다 올려주었는데, 후에 아버지는 이런 머리는 처음이라고 귀띔해주셨다. 집에 돌아오는 길에 우리는 예정에 없던 산책을 했다. 오늘 미용실의 서비스와 머리 스타일에 대해 이야기를 나누면서. 나의 제안으로 아버지에게 새로운 경험과 즐거움을 드린 것 같아서 내내 뿌듯한 마음이 들었다.

아버지는 남자는 이래야 해, 여자는 이래야 해. 그런 시대에 태어나서 살아오셨다. 딸들에게는 절대로 그런 잣대를 갖다 붙이시지 않지만, 자신에게는 아직 유효하신 것 같다. 가끔은 나의 아버지, 그리고 어머니도 그 어떤 것들과 무관하게 사셨으면 좋겠다. 다음에는 아빠께 파마를 해드려야지.

사람은 누구를 만나느냐에 따라 달라지는 거니까.
나에게 있어서 중요한 건, 우리가 얼마나 서로를 소중
하게 생각하고, 사랑하고 있는지다.
그 외에는 이렇든 저렇든 상관없다.

그 사람의
색

노래 듣는 것을 좋아해서 하루의 시작도, 씻을 때도,
글을 쓸 때도, 이동 중에도 늘 음악을 듣는다. 주로
듣는 노래는 템포가 빠르지 않은 인디 음악이다. 그
중에서도 가장 애정하는 노래는 자전적인 가사나 시
처럼 자신만의 느낌으로 아름답게 쓴 가사와 더불어
부른 것이다. 음악에 가수가 녹아 들어간 느낌이랄
까. 그런 느낌을 주는 음악이 좋다. 주변에서는 나의
취향을 이해하지 못하는 사람이 많다. 심지어 누군가
는 내게 네가 좋아하는 음악은 기승전결이 없고, 음
이 일정해서 잠 안 올 때 들으면 딱 좋은 노래라고 말
했다.

음악이야 혼자서 듣고 마는 거니까 그 말에서 그치지

만, 사람을 만날 때는 직접적인 참견이 일어난다. '쟤 소문이 안 좋은데, 가깝게 안 지내는 게 좋을걸.'과 같이.

나는 친구든, 연인이든 내가 좋아하는 사람의 평판, 상황, 주변 지인, 나를 만나기 전에 살아왔던 날들 등을 전혀 신경 쓰지 않는다. 사람은 누구를 만나느냐에 따라 달라지는 거니까. 나에게 있어서 중요한 건, 우리가 얼마나 서로를 소중하게 생각하고, 사랑하고 있는지다. 그 외에는 이렇든 저렇든 상관없다.

내가 고집이 센 편은 맞지만, 특히나 내가 좋아하는 것에 대해서는 흔들릴 생각이 없다.
아무렴 내가 좋으면 된 것 아닌가.

여전히 원하는 대로 되지 않으면 주저앉아서 발을
굴리며 떼쓰고 싶고, 떠나는 사람에게도 우리가
어떻게 스쳐가는 사이일 수 있냐고 가지 말라며
떼쓰면서 붙잡고 싶고, 가끔은 누군가가 툭 던진
한마디 말에 울어버리고 싶은 그런 날이 존재한다.

참는
법

점점 참을 수 있는 것들이 늘어난다.

아니, 참아야 할 것들이 늘어난다.

어렸을 때는 원하는 장난감을 얻지 못했다고 떼쓰고,
살짝 넘어지기만 해도 펑펑 울곤 했다. 뭐가 그렇게
서러웠던 건지. 지금은 많이 성장했다. 겉은 그렇지
만, 사실 그에 비해 속은 그대로인 것들이 많다. 여전
히 원하는 대로 되지 않으면 주저앉아서 발을 굴리며
떼쓰고 싶고, 떠나는 사람에게도 우리가 어떻게 스쳐
가는 사이일 수 있냐고 가지 말라며 떼쓰면서 붙잡고
싶고, 가끔은 누군가가 툭 던진 한마디 말에 울어버
리고 싶은 그런 날이 존재한다. 그렇지만 이제는 꾸

역꾸역 삼켜낸다. 익숙해진 건 눈물 흘리지 않고 울거나 소리 지르지 않고 화내는, 감정을 숨기는 것이기에.

가끔은 원하는 장난감을 얻지 못했다고
울면서 떼쓰던 그때처럼
분출하듯이 내 감정을 표출하고 싶다.

모든 순간을 기억하며 살아가고 있다고 생각하는데
도, 놓치는 것들이 있는 모양이다. 그중에서는 사실
잊고 싶어서 모르는 척 외면했던 순간도 있다.

나의 모든
순간

지인들과 이야기를 하다 보면 깜짝 놀랄 때가 있다.
나조차도 잊고 있었던 과거의 일부분에 대해서 자세
하게 기억하고 있다는 사실에. 내가 자신을 남보다
놓치고 있었다니, 가끔은 소름이 돋는다. 그 사람에
게는 나를 바라보면 연결고리처럼 그 순간이 따라오
는 걸까. 이제는 그런 모습이 없는데도. 여전히.
모든 순간을 기억하며 살아가고 있다고 생각하는데
도, 놓치는 것들이 있는 모양이다. 그중에서는 사실
잊고 싶어서 모르는 척 외면했던 순간도 있다.

차별 없이 사랑해줘야 하는데.
못났던 내 모습을 사랑하기란 어렵다.

가끔은, 아직도 보면 웃음이 나오는 그 사람과의 대화나 서로를 반짝이게 했던 순간들, 같은 감정을 공유하며 신기해했던 모습이 짙어지지만, 꾸역꾸역 참아낸다. 결국은 우리가 서로 없이 잘 살 거라는 걸 안다.

바라보기

세월이 흘러가는 대로 바라보게 되는 관계가 많아졌
다. 마치 제3자의 입장인 것처럼. 억지로 곁에 붙잡아
두는 건 상대에게도, 나에게도 좋지 않다는 걸 몇 번
의 경험을 통해서 깨달았기 때문이다. 잡지 않는다고
해서 더 이상 그 사람을 애정하지 않는 건 아니다. 혼
자서 우리가 어딘가에서 우연히 만날 확률을 계산하
고, 그 사람의 하루를 예측하면서 살아간다. 가끔은,
아직도 보면 웃음이 나오는 그 사람과의 대화나 서로
를 반짝이게 했던 순간들, 같은 감정을 공유하며 신
기해했던 모습이 짙어지지만, 꾸역꾸역 참아낸다. 결
국은 우리가 서로 없이 잘 살 거라는 걸 안다.

언젠가는 그때 그곳에서

같은 마음으로 만날 수 있는 순간이 오기를 바라는

마음을 묻어둔다.

누군가에게 말 한마디로 따스한 마음을 느꼈던 적이
있다. 집에서 택배를 받기 위해 문을 열었을 때,
백발의 할아버지께서 서 있었다. 할아버지께서는
택배를 건네며 "복 많은 하루 보내세요."라고 하셨다.

말 한마디

옷 찾아가세요.

네 오늘 갈게요!

세탁소 아저씨께 답장을 보내고 옷을 찾으러 가니,
아저씨는 웬일인지 반갑게 맞이해 주셨다. 아까 답
장한 아가씨 맞죠? 하고. 아저씨는 문자를 보내면 대
부분 답이 오지 않는데, 오랜만에 답장이 와서 반가
웠다고 하셨다. 그러면서 다른 일상적인 이야기를 몇
나누다가 세탁소를 나왔다. 이전에는 비슷한 문자를
받았을 때 답장을 하는 경우도 있고 안 하는 경우도
있었는데, 이제는 모두 답장을 하려고 한다. 그때 아
저씨의 말과 표정이 마음속에 남아 있기 때문이다.

정말 어렵지 않은, 사소한 행동이 상대방에게 '답장이 왔네?' 와 같은 소소한 기쁨을 느끼게 할 수 있다. 나 또한 누군가에게 말 한마디로 따스한 마음을 느꼈던 적이 있다. 집에서 택배를 받기 위해 문을 열었을 때, 백발의 할아버지께서 서 있었다. 할아버지께서는 택배를 건네며 "복 많은 하루 보내세요."라고 하셨다. 내 눈을 마주치면서 아주 살며시 미소를 지으시면서 감사합니다, 라고 말하고 문을 닫고 나서도 마음이 왠지 시큰거렸다.

사소한 말 한마디가 이렇게나 사람의 마음을 데운다.

삶의 모든 순간마다 버거운 일들을 끊임없이
맞닥뜨리면서, 행복이 늘 고팠다. 나는 행복할 수
없는 사람이라고 생각한 적도 있다. 행복이라는 것이
내 삶의 영역에 절대 들어올 수 없을 것 같았기에.

지금
행복한가요?

이 질문에 "행복하다."라고 답할 수 있는 사람은 몇 되지 않는다고 생각한다. 다들 괴롭고, 힘드니까.

뜻대로 되지 않는 것들은 버겁고, 모든 일이 내가 원하는 방향과는 다르게 엇나가기만 한다. 때로는 행복한 만큼 불안해서 잘 이뤄나가는 상황일 때도 온전히 행복을 누리기가 힘들다.

나 또한 그랬다. 삶의 모든 순간마다 버거운 일들을 끊임없이 맞닥뜨리면서 행복이 늘 고팠다. 나는 행복할 수 없는 사람이라고 생각한 적도 있다. 행복이라는 것이 내 삶의 영역에 절대 들어올 수 없을 것 같았기에.

지금쯤 돼서야 내가 내린 행복에 대한 결론은, 그저 내 마음에 따른 것이라는 거다. 행복은 너무나도 상대적이어서 누가 어떻게 바라보냐에 따라 달라진다. 이제껏 행복에 대한 나의 기준은 높았던 것이다.

제주도의 에메랄드빛 바다 사진이 표지인 노트 첫 장에, '매 순간이 아름답게 빛나는 것처럼.'이라고 적었다.

비록 모든 하루가 완벽하지는 않지만, 때로는 선택하지 못했던 것들이 생각나 나를 괴롭게 하지만, 터무니없이 힘든 일이 발목을 잡지만, 그럼에도 매 순간이 내 인생의 한 조각이기에 소중하고, 행복하다고 생각하며 살기 위해서.

하늘을 바라볼 여유도 없는 사람들이 많다.
그저 위만 올려다보는 간단한 일인데도, 마음에 두고
노력해야지 볼 수 있다. 그런데 그거 아는지. 하늘은
나를 위로해주는 힘을 가지고 있다.

밤하늘

어머니는 미술 선생님이셨다. 내가 초등학생 때까지 아이들에게 미술을 가르치셨는데, 친구들도 꽤 있었다. 나는 그림에 일가견이 없어서 매번 그리지 않으려고 도망가거나 친구들한테 놀자고 꾀는 쪽이었다. 번번이 실패했지만.

어느 날은 밤하늘을 그리는데, 스케치북의 반 이상을 까만 크레파스로 덮고 크기가 다른 노란색 별과 둥그런 달로 채웠다. 어머니는 내게 다가와서 밤하늘은 검은색뿐만 아니라 많은 색을 가지고 있다고 말씀하셨다. 오늘 한번 자세히 살펴보자고. 그날 밤하늘은 아주 연한 보라색이었다. 마치 물웅덩이에 보라색 잉크 한 방울 떨어뜨린 것처럼 점점 퍼져나가며 하늘을 물들이고 있었다. 그다음 날에도, 그 다 다음 날에도 하늘은 분홍색, 주황색 등 제각각 색을 띠었고, 달의 모양도 마찬가지였다.

지금까지도 하늘을 자주 바라본다. 천천히 물들어가고 있을 때나 아주 까매졌을 때도 사진을 꼭 찍어둔다. 달이 보인다면, 달도 빼놓지 않고.
하늘을 바라볼 여유도 없는 사람들이 많다. 그저 위만 올려다보는 간단한 일인데도, 마음에 두고 노력해야지 볼 수 있다. 그런데 그거 아는지. 하늘은 나를 위로해주는 힘을 가지고 있다. 하늘을 바라보는 것만으로도 왠지 모를 안정감이 느껴지고, 힘들었던 날들이 휩쓸려가는 것 같고, 어떨 때는 눈물이 쏟아지기도 한다.

하늘을 바라보는 몇 초가 당신의 삶에도 위로가 될수 있을 거라 믿는다. 오늘 밤에는 잊지 말고 꼭 기억해서, 하늘을 바라보기를.

등산은, 가다가 쉴 수는 있어도 중간에 포기할 수는 없다. 러닝머신처럼 "전원" 버튼이 없으니까. 이미 올라갔다면, 계속 올라가야 한다. 게으른 나에게는 안성맞춤인 운동법이다. 정상에 올랐을 때, 그 풍경 사진만 본 누군가는 별거 아니라고 말할 수 있어도 힘들게 올라온 나에게는 윈도 배경화면에 깔린 여러 나라의 풍경보다 멋져 보인다.

등산

누구나 예전에 싫어했던 것이 시간의 흐름에 따라 좋아지는 경험을 해봤을 것이다. 나에게는 등산이 그렇다. 걷는 것 자체를 좋아하지 않았기에, 등산은 생각의 범위에도 없었다. 가족끼리 경주로 여행 갔던 날, 아버지를 따라서 산속을 걸었다. 오랜만에 느낀 산공기에 몸에 있는 세포들이 다 살아나는 느낌이 들었다. 신발로 느껴지는 작은 돌멩이와 흙의 감촉도 좋았다. 그 후로 등산에 대한 인식이 바뀌었고, 주말에는 종종 산으로 향한다. 마치 암벽 등반처럼 돌을 올라타야 할 때도 재미를 느낀다.

요즘은 새벽에 일어나서 집 근처 산에 가볍게 다녀온다. 늦은 시간에 잠이 들어서 2시간밖에 자지 못해도,

알람이 울리면 저절로 눈이 떠진다. 막 집에서 나왔을 때는 몸이 무거운데 가다 보면 가속도가 붙어서 빠르게 걷게 된다. 그럴 때면 산 공기를 크게 들이마시면서 역시 오기를 잘했다, 고 생각한다. 올라가서 마시는 물 한 모금은 또 얼마나 맛있는지. 분명 똑같은 물일 텐데, 설탕이라도 탄 것 같다.

무엇보다도 등산은, 가다가 쉴 수는 있어도 중간에 포기할 수는 없다. 러닝머신처럼 "전원" 버튼이 없으니까. 이미 올라갔다면, 계속 올라가야 한다. 게으른 나에게는 안성맞춤인 운동법이다. 정상에 올랐을 때, 그 풍경 사진만 본 누군가는 별거 아니라고 말할 수 있어도 힘들게 올라온 나에게는 윈도 배경화면에 깔린 여러 나라의 풍경보다 멋져 보인다. 높은 아파트나 올라오면서 봤던 나무들이 다 손톱만큼 조그마해져 있고, 세상에서 내가 가장 높은 곳에 있는 기분이든다.

어쩌면 포기하지 않는 법을 배우고 있다.
지금 힘들고 지쳐도 나중에 돌아보면 과거의 일부가

되어 있을 거라고. 모든 것을 이겨내고 정상에 올랐을 때, 내가 올라오기 위해 노력했던 흔적들을 보며 뿌듯해할 거라고.

그리고 그것들은 그때는 거대했지만, 이렇게 작은 것들이었다고.

에
필
로
그

저는 자책을 많이 하는 사람이었습니다.

잘 흘러가던 일이 막힐 때, 주변 사람들과 마찰이 일
어날 때, 무언가에 실패했을 때. 그뿐만 아니라 불가
피했던 일까지도 모두 떠안으며 제게 원인이 있을 거
라고 생각했었습니다. 스스로 낸 상처가 가장 쓰라렸
지만, 그럼에도 들여다보지 않고 지나치곤 해서 쉽게
곪아버렸습니다. 이제는 깨달았습니다. 내가 하는 상
당 부분의 자책은 불필요하며, 필요하다고 해도 자책
이 아니라 반성을 해야 했다는 것을요. 저는 이 책에
그때 깨달은 것들을 실었습니다. 예전의 저처럼, 여
전히 자신을 미워하고 있는 사람들에게 당신의 탓을
그만해도 된다고 말해주고 싶었습니다.